Bienvenue dans
LE MONDE D'APRES

Photo de couverture : peinture au pastel de l'auteur

Hubert Landier

Bienvenue dans
LE MONDE D'APRES

récit

TABLE

1 – Le refuge 7
2 – La catastrophe 39
3 – L'exploration 71
4 – Le monde d'avant 103
5 - Le marché 135
6 – La quête 167
7 – La principauté 201
8 – Le retour 233

1 – Le refuge

« Surtout, ne pas laisser mourir le feu ». Le vieil homme, à genoux, soufflait doucement sur quelques brindilles qu'il avait placées au contact de ce qui restait de braises encore rougeoyantes. Laisser mourir le feu, cela aurait été une vraie catastrophe. Une catastrophe dont il ne connaissait que trop bien les effets. Voici un mois, il lui avait fallu trouver un tesson de bouteille, le manipuler au soleil au-dessus d'herbes sèches jusqu'à ce qu'elles commencent à s'enflammer. Facile à dire. Il avait plu pendant dix jours. Pendant ce temps, il lui avait fallu vivre de patates crues. Ou alors, il aurait fallu aller demander à ceux d'en bas. Trop loin. Les braises auraient eu le temps de refroidir.

Penché sur le bidon rouillé qui lui servait de brasero, il pensa à sa dernière allumette. C'était quand, déjà ? Il y avait trois mois, six mois ? En plus, elle avait foiré. Dieu sait pourtant qu'il faisait attention à ne pas les gaspiller. Son unique boîte d'allumettes. Il l'avait trouvée par hasard dans ce qui avait été la cuisine d'une maison abandonnée. Une maison de campagne, comme on disait à l'époque. Isolée dans la densité suspecte de la végétation et qui n'avait pas encore été visitée par les rodeurs. Pour lui, une véritable caverne d'Ali Baba. Il avait récupéré tout ce qu'il avait pu emmener avec lui. Quelques casseroles, des verres, des couverts, un réchaud à gaz qui ne lui avait pas été très utile, faute de gaz, quelques livres, dont *Guerre et Paix*. S'il avait su, Tolstoï ! Et les fameuses allumettes. Cette maison, il s'y serait volontiers installé. Inenvisageable, pourtant. Trop dangereux.

Des bandes parcouraient la campagne, ou ce qui avait été une campagne. A la recherche de quoi manger. A la recherche d'armes. Mieux valait ne pas s'y frotter. Pires que ces loups monstrueux qui s'étaient multipliés et dont les hurlements sinistres déchiraient la nuit. Il se souvenait comment, explorant un entrepôt abandonné, il était tombé par surprise sur l'une de ces bandes. Ils lui avaient tout pris, et notamment cette pelle solide qu'il venait de trouver et qui lui aurait été si utile. Grâce au ciel, ils lui avaient laissé la vie sauve. Cela n'allait pas de soi. C'était la lutte pour la vie, ou plutôt pour la survie. Il ne pouvait même pas leur en vouloir. Qui étaient-ils, dans leur existence antérieure ? Sans doute de bons travailleurs, espérant cette promotion qui leur permettrait de s'acheter une nouvelle maison. Peut-être de bons pères de familles, de bonnes mères de famille, qui réfléchissaient déjà à leurs prochaines vacances. Ici, comme un pincement au côté. Bon, penser à autre chose.

Il lui avait fallu du temps pour s'adapter à sa nouvelle existence. Si on pouvait parler d'existence. Sa vie antérieure, il essayait de l'oublier. Pourquoi revenir sur ce qui n'était plus et ne serait plus jamais ? Il y avait eu cette fuite éperdue. Les petits groupes qui erraient dans tous les sens. Les rumeurs et l'absence de toute information fiable. La nécessité de se procurer de quoi manger. Et aussi de quoi boire, ce qui n'allait pas de soi. Ce supermarché dévalisé dont un employé gisait mort à l'entrée, noyé dans son sang. La nécessité de se cacher pour échapper aux prédateurs. L'homme devenu un loup pour l'homme. La fin de l'humanité en tant qu'humanité. De nouveau ce pincement au côté. Qu'était-elle devenue ?

Il avait beaucoup marché, ne sachant trop ce qu'il cherchait. Quitté l'autoroute, qui ne conduisait plus nulle part. Espérant trouver des villes accueillantes. C'était bien sûr un rêve irréaliste. Son cheminement le ramenait à la réalité. Que c'est long, une banlieue, quand on la parcourt à pied. Les zones pavillonnaires désertées. Des portes ouvertes, d'autres qui manifestement avaient été forcées. Quelques chats errants. Des boutiques et des ateliers d'artisans abandonnés. Ce qui l'avait frappé, c'était le silence. Non pas le silence du désert, qui invite au mysticisme, mais le silence d'un moteur cassé, qui ne pourrait jamais plus servir à rien. Des panneaux publicitaires vantant des produits extraordinaires, qui vous changeraient la vie, et dont se découvrait le caractère dérisoire de leur langage futile et prétentieux. Cela ne sera jamais plus, se disait-il.

Parfois un homme, une femme, plus rarement des enfants. Il fallait se méfier. L'approche devait être prudente. On échangeait quelques semblants d'informations. Non, il n'y avait plus âme qui vive en ville. Et ce qui pouvait être emporté avait déjà été emporté. Certains affirmaient qu'en allant en direction du nord, on retrouverait un semblant d'organisation. Oui, mais où ça, dans le nord, et à quelle distance, et comment s'y rendre ? C'est maintenant qu'un vélo lui eût été utile. Curieusement, il n'en avait pas vu. Des voitures abandonnées, des motos, des scooters, oui, mais pas de vélos. A l'évidence, il arrivait trop tard. Il aurait aimé trouver des gens avec qui parler, des gens comme ceux qu'il avait connus. Peine perdue, sans doute. Les gens qu'il avait connus étaient devenus des gens comme lui, ayant perdu toute attache. Les codes qui permettaient d'avoir des choses à se dire, de se comprendre dans un monde familier, ne servaient plus à rien. Il fallait tout réinventer.

Une inquiétude lui vint : seraient-ils tous morts ? Cela n'aurait rien eu d'invraisemblable, compte tenu de ce qui s'était passé, du moins de ce qu'il en savait, ou plus précisément de ce qu'il croyait en savoir. Mais alors, comment se faisait-il qu'il fut encore en vie ?

Encore ce pincement au côté. Accompagné cette fois d'une vague inquiétude. N'était-ce pas un mauvais rêve ? Il allait se réveiller, se rendre dans la cuisine comme chaque matin afin de préparer le café. Il se rappela le poète chinois – quel était son nom, déjà ? : rêvait-il qu'il était un papillon ou était-ce le papillon qui rêvait qu'il était Tchang Tseu. Tchang Tseu, oui, c'était ça, son nom. Il y avait aussi cette histoire du disciple d'un ascète qui avait suivi son maître dans un temple reculé qu'ornait une fresque magnifique. Qui était entré dans la fresque, avait mené la belle vie de l'autre côté du miroir. Jusqu'au moment ou un énorme bruit de tonnerre l'avait ramené à la réalité. La nôtre. C'était son maître qui l'appelait. Et il était ressorti de la fresque, à regret.

En tout cas, il lui fallait absolument trouver à manger. Et à boire. Il traversait ce qui avait été une zone industrielle, puis il arriva à une banlieue pavillonnaire. Il y vit une opportunité. Un pavillon de pierre meulière se présentait, entouré d'un jardinet fermé par une petite grille. L'idéal du petit bourgeois. La grille était ouverte mais la porte fermée. Il en fit le tour. Les volets étaient fermés. Rien à faire. Passons. Un peu plus loin, une maison comme il s'en construisait à la fin du XXème siècle. Avec le garage pour deux voitures comme on pouvait lire sur les annonces immobilières. Là, il eut davantage de chance. Le volet roulant de l'arrière avait été défoncé, qui donnait sur la cuisine. Il s'y glissa.

Le problème, c'est qu'il y avait été précédé. Que non seulement il y avait été précédé, mais que l'intrus, ou l'intruse, était toujours là :

« - Entrez, entrez, bienvenue au château ».

C'était un homme, âgé, autant qu'on en pouvait juger, d'une cinquantaine d'années ; il était affalé dans l'un des fauteuils du salon, devant la télé désormais silencieuse. A ses pieds une bouteille de vin rouge aux trois quarts vide. Surtout, se montrer prudent :

« - Je ne vous dérange pas, au moins ?

- Pas du tout ; il y a suffisamment de provisions pour plusieurs. Le problème, c'est que tout ce qui était au frigo est fichu. Heureusement, la cave à vins est bien pourvue. Par contre, pour les conserves, il y a problème. J'ai bien trouvé des boîtes de petits pois en abondance, mais il n'y a pas d'ouvre-boîte. Vous n'en auriez pas un, par hasard ? »

Encore un problème auquel il n'avait pas pensé. Mourir de faim au pied de montagnes de boîtes de petits pois, faute d'ouvre-boîte.

« - Non, mais il n'y a pas autre chose ?

- Si, des chips et des amandes salées. Installez-vous et prenez un verre. »

Il s'installa et pris un verre, qui fut aussi rapidement vidé qu'il avait été vite rempli.

- « Faites comme chez vous. »

La conversation s'engagea. L'allure vestimentaire de l'homme le désignait comme quelqu'un qui, dans son existence précédente, devait jouir d'un train de vie plutôt aisé.

- « Ce que je faisais ? Me cacher. Il faut que vous sachiez que je n'avais pas d'existence légale. Un bug dans les *big data*. Mon numéro d'identité nationale me donnait comme mort d'une embolie pulmonaire aux Bahamas. Comme si l'on pouvait mourir d'une embolie pulmonaire aux Bahamas. Passons. Une erreur de transcription que personne n'avait corrigée. C'était ça, l'intelligence artificielle. Mais en attendant, une occasion rêvée pour moi. Pas d'existence légale, donc pas d'impôts. Je passe sur mes comptes bancaires. Il y avait encore quelques îles où le problème ne se posait pas. Et donc, j'étais aussi libre qu'un fantôme. Au moins tel que j'imagine le fantôme.

« Au début, il m'a fallu m'habituer. Il faut faire attention, par exemple, aux contrôles d'identité dans les aéroports. Mais avec l'habitude, ça passe. Une vieille carte d'identité à l'embarquement est généralement suffisante. Vous ne pouvez plus utiliser de carte de crédit. Forcément, vous êtes mort. Il faut donc se munir de suffisamment de cash. Dans les hôtels, pas de problème. Très vite, on apprend ce qu'il faut faire ou ne pas faire, ce qui peut être dangereux, ce qui passe sans difficulté. Pour le business, c'est différent. Je ne vais pas vous faire un dessin ; disons que c'était un peu compliqué. Mais en résumé, il y a plein de gens pour lesquels c'est utile de pouvoir compter sur quelqu'un qui est mort. Qui peut servir d'intermédiaire. Donc, j'ai plutôt bien vécu pendant vingt-cinq ans. J'ai d'ailleurs découvert que j'étais loin d'être le seul dans ce cas. Comment expliqueriez-vous autrement certaines arnaques financières ? Bon, mais tout ça, c'est le passé. Il y a eu ce que vous savez et nous sommes là, à terminer ensemble une bouteille d'excellent vin qui sera probablement l'une des dernières. Qu'avez-vous l'intention de faire ? »

Il exposa son plan : rejoindre la campagne, où il trouverait bien une solution.

- « OK, mais moi, je reste. La ville est vide, mais les gens vont revenir. Et quand ils seront revenus, il y aura nécessairement des choses à faire pour quelqu'un comme moi. En attendant, si vous voulez passer la nuit ici, bienvenue. Il y a trois chambres avec des draps à peu près propres. Par contre, si vous souhaitiez pouvoir prendre une douche, c'est raté. Il n'y a pas d'eau.

- « merci. Et est-ce que je peux me servir dans la garde-robe ? Comme vous voyez, je ne suis pas très équipé pour ce qui m'attend. »

Un lit avec des draps propres. Il en aurait rêvé. Au moins deux semaines à dormir dans des abris de fortune, en se méfiant des bruits suspects. Dommage, le café du matin, ce serait pour une autre fois. Il prit quand même le temps de croquer quelques biscottes avec de la confiture. Et de faire les placards. Cela lui permit de troquer ses vêtements sales et passablement froissés, contre une tenue de jogging, tout à fait jeune cadre dynamique, et de se chausser de pompes adaptées. Il trouva aussi un anorak et un sac à dos qui seraient parfaits, les précédents lui ayant été piqués, dès le premier soir de sa fuite, dans ce qui avait été un hôtel ; il prit soin de garnir le sac de quelques boîtes de petits pois, puisqu'il y en avait. Mais pas d'ouvre-boîte. Il emporta aussi une boîte d'allumettes. Savait-on jamais ?

Et donc, le voici reparti, sous un ciel gris, humide et lourd, comme il l'était souvent depuis quelques années.

oOo

Cinq jours plus tard, le paysage avait changé. Ce qui avait été une route nationale avait laissé place à une départementale ; la morne plaine à un paysage de collines. Des poteaux indicateurs, qui n'avaient pus aucune signification. Parfois un village plus ou moins abandonné. C'était à se demander où étaient partis les gens. Ici et là, quelques maraudeurs, qui se faisaient furtifs. Le soir, il se trouvait un toit. Souvent la cuisine avait déjà fait l'objet d'une visite. Il fallait tenter ailleurs sa chance. Fouiner afin de finir par découvrir le placard aux confitures. Tant bien que mal il réussissait à se nourrir. Mais toujours pas d'ouvre-boîte. Quand il faisait une rencontre, il fallait se montrer prudent. Où allait-il ? Il ne le savait pas trop. Peut-être finirait-il par tomber sur un îlot de civilisation ?

« - Dis-donc, toi, tu te crois chez toi ? »

Elle avait surgi de l'arrière de la maison qu'il se préparait à explorer. Une fille d'une trentaine d'années, aux cheveux bleus tirant sur le violet, une croix celtique tatouée sur la joue droite, vêtue d'un jeans soigneusement lacéré orné d'une petit jupe bordée de dentelle blanche. Une veste comme on en trouvait dans les surplus militaires, agrémentée d'une abondance de pin's. Des chaussures de sport vert phosphorescent. Il eut le temps de lui voir un anneau dans le nez mais pas le loisir d'engager la conversation. Deux gaillards avaient apparus derrière elle, qui n'inspiraient guère confiance. Un petit gros exhibant ses biscotos tatoués, engoncé dans une sorte de grenouillère rayée rose et blanc, et un grand maigre aux cheveux décolorés, dont la barbe évoquait celle d'un moine russe au-dessus d'une chemise à fleurs un peu délavée surplombant une sorte de sac couleur de jute lui descendant jusqu'à des sandales de cuir où s'étalaient de larges orteils en éventail.

« - Qui c'est, çui-là ?

- apparemment, il se serait bien installé ici.

- D'où c'est qu' tu viens ? »

Il tenta de protester de ses bonnes intentions. Mais les autres n'avaient pas désarmés et le regardaient avec hostilité.

« - Oui, bon, je m'en vais. Mais pouvez-vous me dire où ça va, tout droit ?

- Sais pas. On est comme toi, on cherche.

- Oui, mais quoi, exactement ?

- Un château avec une piscine.

- Et une douche », ajouta-t-elle.

« - En tout cas, t'as de la chance qu'on soit des gentils », précisa le petit gros.

Ils venaient de l'ouest. De la ville où ils habitaient, ils étaient partis par une route qui suivait la rivière, puis ils avaient bifurqué vers le nord, sans trop savoir où ils allaient. Au départ, le grand maigre espérait retrouver des membres de sa famille. Puis ils s'étaient dits qu'ils avaient probablement fait comme eux. Partis on ne sait où. S'ils vivaient encore. On disait que la catastrophe avait fait beaucoup de morts. Des gens bien portants commençaient à vomir. Puis leurs cheveux tombaient. Ils ne mangeaient plus, jusqu'au moment où ils se couchaient pour mourir. Le pire, c'est qu'on ne savait pas où se diriger pour échapper à cette calamité.

« - Au moins, maintenant, on n'a pas à payer pour ce qu'on mange.

- C'est les gros richards qui doivent être bien emmerdés, maintenant. Obligés de se démerder. »

Dans le monde d'avant, la fille était coiffeuse, le petit gros manutentionnaire dans un entrepôt de fruits et légumes et le grand maigre agent de sécurité devant une banque. Finalement, ils trouvaient que ce n'était pas mal, ce qui leur arrivait. Ils n'avaient plus à se lever le matin pour aller à un boulot sans intérêt où ils avaient l'impression de perdre leur temps. Ils avaient rêvé d'aventure, ils en avaient. Après avoir exploré le village de fond en comble, ils avaient décidé d'y faire un petit séjour. Quand ils commenceraient à s'ennuyer, ou à manquer de provisions, ils reprendraient la route. En attendant, c'était la belle vie. Ce qui leur manquait : pouvoir écouter de la musique. Plus question de compter sur son portable. La télé était silencieuse. Et les chaînes hi-fi, privées de courant, faisaient figure d'épaves.

A propos, ils avaient bien essayé de trouver une voiture. Le problème, c'était l'essence. La station-service de l'hypermarché était à sec et d'ailleurs la pompe ne marchait plus, faute de jus. Heureusement, les rayons n'avaient pas été entièrement dévastés. A défaut de légumes frais, ils disposaient de conserves en abondance. Et d'un ouvre-boîte. Ils avaient fait du feu pour réchauffer leur boîte de cassoulet et la fille, qui s'appelait Roxane, avait pu, au passage, se choisir de nouvelles fringues. On avait bien le temps de voir ce qui allait se passer. Probablement, un jour, les habitants du village allaient revenir. Et les flics. Ils voudraient récupérer leurs biens. Et ce serait la fin des vacances.

Un routard de passage leur avait dit qu'en continuant vers le nord, ils tomberaient sur une région où le monde d'avant s'était maintenu. A vrai dire, en en discutant, ils s'étaient dit qu'ils n'y tenaient pas trop, au monde d'avant. Si c'était pour retrouver le patron qui gueulait, les fins de mois difficiles, les jours ternes qui se succédaient au boulot, autant rester là. Au début, ça avait été un peu difficile, mais ils s'étaient habitués. Leurs journées étaient réglées. Lever tardif. Maraude, chacun de son côté, dans les rues du village, mise en commun de ce qu'ils avaient trouvé d'intéressant, déjeuner, sieste, discussions, jeu de cartes, et ainsi de suite. Ils avaient aménagé leur petit intérieur. Bref, ils se sentaient bien. Seul problème : il n'y avait pas grand monde avec qui faire la fête.

« - C'est pas comme toi. On voit bien que tu n'étais pas dans la dèche. Au fond, t'as tout perdu. Nous on n'avait rien, ou pas grand chose, alors on y a plutôt gagné. »

De nouveau ce pincement au côté. C'est vrai qu'il avait tout perdu, mais pas comme ils le pensaient. Il leur demanda s'il pouvait rester pour la nuit. Il avait des petits pois en boîte à leur proposer. Cela les fit rigoler. Ils se jetèrent un coup d'oeil les uns aux autres. Oui, il pouvait rester, mais à une condition : ne pas les faire chier avec ses petits pois. Les petits pois, il y en avait des palettes entières à l'hypermarché et ils en avaient raz la casquette.

oOo

Et donc, le lendemain matin, repartir, mais où ? Bon, si vraiment le monde d'avant s'était maintenu plus au nord, ça valait le coup de tenter de s'y rendre. Voilà des jours qu'il marchait. Le sac à dos lui blessait les épaules et, malgré le solide bâton qu'il s'était trouvé en guise de canne, il commençait à sentir la fatigue. Si ce paradis du nord n'existait pas, il lui faudrait trouver un endroit où s'arrêter. Peut-être pourrait-il trouver un groupe humain où s'intégrer. Il imaginait une grande ferme, plus ou moins autarcique, une sorte de villa romaine. On se retrouvait, se dit-il, en plein haut moyen âge après la chute de l'empire romain. Cela le fit réfléchir. Il rassembla ses souvenirs. L'empire romain avait été envahi par les barbares, mais il avait succombé parce qu'il était miné de l'intérieur. Les campagnes, avait-il lu, s'étaient dépeuplées. L'essentiel de l'énergie disponible était monopolisé par la défense des frontières. La cohésion culturelle avait laissé place à une sorte de tour de Babel. Les grands chefs se battaient entre eux par ambition personnelle, plus personne ne se souciant du bien public.

Et d'ailleurs, qu'aurait-il fallu faire ? La décadence est une réalité à laquelle il est difficile de s'opposer. Et quand l'action collective, telle qu'elle résulte de principes conçus comme allant de soi, a cessé d'être adaptée au contexte auquel elle s'applique, c'est la fin. La population de débande dans toutes les directions, chacun se préoccupant d'abord de lui-même. Et le réformateur, quelles que soient ses bonnes intentions et sa volonté, ne va pas bien loin, faut d'être suivi. L'histoire, décidément, avait tendance à se reproduire. En attendant, à défaut de refaire le monde, c'était le cas de le dire, il lui fallait bien trouver une solution. D'urgence. Ses chaussures menaçaient de rendre l'âme et il ne pourrait pas longtemps continuer à marcher au hasard.

Une agglomération se présenta. Ce n'était pas un village sans pour autant être une ville. Il pourrait y faire étape. De petits immeubles au milieu de la nature, qui avaient dû être plaisants. Il aurait largement le temps de fureter pour trouver de quoi se nourrir, comme les chiens errants qu'il croisait. Il pénétra dans l'un d'entre ces immeubles afin d'y déposer ses affaires. Dans l'escalier, une drôle d'odeur, à la fois âcre et écœurante. A la hauteur du premier étage, des traces brunes suspectes sur le sol, qui semblaient avoir dégouliné avant de sécher. Un peu plus haut, l'origine des dégoulinures : un cadavre en putréfaction, le crâne éclaté au milieu d'un nuage de mouches. Il n'était pas difficile de comprendre pourquoi on l'avait tué. *Struggle for life*.

Se sauver, et vite. Encore fallait-il le pouvoir. De plus bas, un craquement suspect lui parvint aux oreilles. Se tenir immobile, aux aguets. Une sorte de glissement furtif. Pas de doute : il avait été repéré et on l'attendait. Seule solution : trouver une autre issue. L'ascenseur, bien entendu, était hors service. Pénétrer dans un appartement, sauter par une fenêtre. Du second étage, c'était risqué. Faire vite, déjà il entendait des pas monter. Bon, se battre, mais ce n'était pas son fort et peut-être étaient-ils plusieurs. Se barricader, mais ça ne tiendrait pas longtemps. Les grattements se rapprochaient. Aussi silencieusement que possible, il enjamba le cadavre et monta d'un étage. Il s'arrêta, aux aguets. Une sorte de couinement le fit se retourner.

C'est alors qu'il le vit. Un énorme rat. Un rat qui faisait au moins un mètre de long, sans compter la queue. Il se souvint avoir lu quelque part, à l'époque du monde d'avant, que des mutations génétique avait abouti à la prolifération d'espèces monstrueuses. En attendant, c'était soit le rat, soit lui. Brutalement, de toutes ses forces, il lui jeta son sac à dos en hurlant et en agitant sa canne. Pris au dépourvu, sans doute étourdi après avoir reçu une boite de petits pois sur la tête, le rat recula. Mais ça ne durerait pas ; il se ressaisirait. Il fonça, enjambant le cadavre, multipliant les coups de bâton sur les murs. Le rat recula encore, montrant les dents. Enfin la sortie. Se sauver en courant. Le rat n'insista pas. En attendant, il avait perdu son sac à dos, ses boîtes de petits pois et son anorak. Mais au moins il était sauf. Ce n'est que plus tard qu'il apprendrait à piéger les rats et à les accommoder.

Son pied droit lui faisait mal. Il s'était probablement foulé la cheville en descendant l'escalier. Mais il n'était pas question de rester ici. Et donc, clopin-clopant, le ventre vide, il se remit en route. Quelques kilomètres. Sa cheville lui faisait de plus en plus mal. Il s'arrêta sur le bord de la route, à l'ombre d'un ficus. Les ficus avaient tendance à proliférer, depuis quelques temps. Que faire ? Epuisé, il s'endormit. Au volant d'une voiture climatisée, il arrivait sur la place d'un village du midi garnie de platanes. Une terrasse de café à l'ombre. Une bière fraîche. Un rêve. Mais ce qui n'était pas un rêve, par contre, c'était un bruit de moteur. Un bruit de moteur ! Il se réveilla brutalement.

Au loin sur la route, venant vers lui, quelque chose d'indistinct. Un véhicule à moteur, un moteur qui pétaradait en faisant de la fumée. Il se leva, avec de vieux souvenirs d'auto-stop. C'était un tracteur. Le tracteur s'approcha. Au volant, une jeune femme, les cheveux blonds coiffés en queue de cheval. Petite. Trapue. Un fusil en bandoulière. Arrivée à sa hauteur, elle débraya.

« - Qu'est-ce qui vous arrive, vous ?

- Une cheville foulée.

- Oh, ça c'est ennuyeux. Montez. »

Avec difficulté, il se hissa sur l'aile du tracteur. Elle embraya. Ce n'était pas une causeuse.

« - Vous allez où ?

- Je vous conduis au SAMU. »

Quelques kilomètres plus loin, elle obliqua à gauche, dans un chemin à demi caché par la verdure. Derrière le tracteur, une remorque garnie d'une citerne cahotait. On atteignit une rivière, et sur le bord de la rivière une construction qui, dans le monde qui avait précédé le monde d'avant, avait dû être un moulin à eau. Arrivée dans la cour, elle arrêta le moteur. Deux hommes d'une trentaine d'années sortirent de la bâtisse, vêtus d'un jeans et d'un T-shirt, et se dirigèrent vers le tracteur, suivis de deux jeunes enfants, un garçon et une fille. Froncement de sourcils de l'un d'entre eux.

« - C'est qui, çui-là ?

- Trouvé en chemin. Faisait du stop. Une cheville foulée.

- Tu sais bien que les règles de sécurité…

- L'a pas l'air bien méchant. »

On le fit descendre et on l'aida à entrer dans la maison. Une pièce meublée de bric et de broc. L'un des deux hommes lui massa le pied.

« - Vous avez de la chance, dans mon existence d'avant, j'étais infirmier.

- Vous n'auriez pas à boire ? »

La femme lui tendit un verre d'eau. On faisait cercle autour de lui.

« - Vous venez d'où ?

Il indiqua qu'il venait de la capitale.

« - Et vous allez où ?

- Sais pas. Je recherche la terre promise.

- J'ai peur que vous ne la trouviez pas. En tout cas, c'est pas ici. »

Un repas se préparait. Il fut invité à le partager. Pour l'essentiel, des pommes de terre cuites à l'eau, accompagnées d'un peu d'une viande indéfinissable. Et pour terminer, des pommes et des mangues, un fruit nouveau dans la région. Son premier vrai repas depuis son départ.

L'infirmier pris la parole.

« - Nous aussi, on est partis. La ville, ce n'était plus possible. Lui, c'est mon frère, Bastien ; elle c'est ma belle sœur, Amanda. Et leurs deux enfants, Armel et Isaure. Moi, c'est Morgan. On a fait comme tout le monde. On est partis en voiture et quand le réservoir a été vide, on a continué à pied. Notre idée, c'était de trouver un endroit où se poser. On a marché, marché. On a bien trouvé des fermes abandonnées, mais soit elles étaient inhabitables, soit elles étaient occupées par des squatters. Bref, il y avait toujours quelque chose qui n'allait pas. Par contre, on a eu la chance de trouver le tracteur, et on est arrivés ici. Ici, il y a de l'eau et le moulin est isolé et facilement défendable. Il faut vous dire que la campagne est sillonnée par des bandes de brigands qui n'ont rien à perdre. Vous avez eu de la chance de ne pas en rencontrer. Donc, on essaye de se refaire une vie. Un potager, à partir de ce que nous avons trouvé en arrivant.

« - Et de la cueillette, aussi », ajouta Amanda.

- Oui, de la cueillette. Mais notre principal souci, c'est de ne pas nous faire remarquer. Il faut apprendre à se méfier de tout le monde. Et nous restons constamment armés, même si notre artillerie est un peu limitée.

- En tout cas, merci pour l'accueil.

- Normal, mais vous ne pourrez pas rester ici. Nous ne voulons pas être trop nombreux, au moins pour l'instant. Pour vivre heureux, il faut vivre cachés. Dès que votre pied ira mieux, vous devrez reprendre la route. Mais on vous donnera des tuyaux. En tout cas, je crois que la terre promise n'existe pas. Il n'y a qu'une seule terre et vous voyez dans quel état elle est. »

oOo

Il demeura parmi eux quelque deux semaines. Son pied se remettait et il pouvait maintenant participer à la cueillette des pommes. Il fallait marcher, parfois longtemps, par de petits chemins envahis par les ronces, en s'efforçant de ne pas se faire voir. L'arrière saison était plaisante, ensoleillée mais ponctuée de grosses averses. Il faisait chaud. Les moustiques étaient devenus une calamité. Dans les arbres, les perruches, devenues de plus en plus nombreuses au fil de ces dernières années, poursuivaient leurs discussions. Parfois, Morgan allait inspecter les collets qu'il avait posés. Généralement sans succès. Mais un jour, il leur arriva d'attraper un rat, semblable à celui auquel le vieux avait échappé. Il comprit de quoi était fait le ragoût qu'on lui avait servi le jour de son arrivée.

« - Nous devons tout réinventer. Les petits riens de la vie quotidienne qui semblaient aller de soi dans le monde d'avant nous manquent parfois terriblement et nous sommes obligés d'essayer de trouver une solution pour y suppléer. Par exemple, nous n'avons pas de savon, ni d'huile, ni de lait pour les enfants. Pas de pain, bien évidemment. Pas d'électricité, donc pas de lumière le soir. Pour l'instant, nous avons quelques bougies, mais le stock filera vite, bien que nous fassions des efforts pour les économiser. Notre vaisselle, notre outillage, sont des produits de récupération, de même que nos vêtements. Or, nous savons que le jour viendra où la source se tarira. Nous sommes revenus à l'époque pré-industrielle, mais nos habitudes sont largement restées celles qui nous étaient familières dans le monde d'avant. Les toilettes ! Finie la chasse d'eau. Retour aux feuillées. Certains se révèlent sans doute plus aptes que d'autres. Ceux et celles qui avaient des parents dans l'agriculture ou qui savaient jardiner arrivent à se débrouiller. Mais ceux qui viennent de la ville et qui ne savent même pas distinguer un navet d'une igname souffrent vraiment. Beaucoup sont morts. De faim. Ou détroussés par des maraudeurs. Sans compter ceux qui perdent leurs cheveux, qui sont pris de nausées et qui finissent par périr.

« C'est tout bête, poursuivit-il, même l'eau est un vrai problème. N'allez pas croire que la rivière qui entoure le moulin où nous somme installés soit utilisable. Vous avez vu sa couleur ? Pour se laver ou faire la lessive, et encore. Mais pas pour laver les légumes et encore moins pour boire. Très certainement polluée par un produit industriel quelconque, mais on ne sait pas quoi. On n'y trouve aucun poisson. Il nous faudrait un puits. Encore une chose à laquelle nous n'avions pas pensé à notre arrivée.

- A propos, le tracteur et la citerne ?

Le tracteur, c'est de la récupération. Et pour l'instant, nous avons suffisamment de gaz oil. Mais après ? La citerne, nous la remplissons à un puits qui se trouve à trois kilomètres d'ici. Amanda ne va pas faire comme les femmes africaines. Donc, nous allons essayer de récupérer l'eau de pluie. Mais elle aussi, elle risque d'être polluée. Vous voyez le problème ? Nous devons nous méfier de tout. Le climat a changé, et nous trouvons aujourd'hui ici des espèces issues de mutations génétiques, comme les rats, ou qui nous viennent d'ailleurs, comme les perruches. Vous avez vu les perruches ?

- Je les ai surtout entendues.

- Et il n'y a pas que les perruches. Il y a aussi les araignées d'Afrique, les frelons asiatiques, de nouvelles variétés de moustiques, les scorpions géants, toutes sortes de serpents que nous ne connaissons pas mais dont la morsure est peut-être mortelle, parfois même des crocodiles, qui ont envahi les marécages. En fait, nous nous retrouvons dans un monde qui nous est inconnu. Et nous n'avons aucune idée de ce qui se passe, ne serait-ce qu'à vingt kilomètres d'ici. Quelle est la proportion de l'humanité qui aura survécu ? Mystère. Quelles sont les régions du monde encore habitables, à supposer qu'il y en ait ? Mystère. Notre seule information, ce sont les racontars de chemineaux de passage, ceux justement que nous cherchons à éviter. Certains s'imaginent qui y a des régions où le monde d'avant s'est maintenu. Vrai, ou pas vrai ? Après tout, c'est possible. Mais c'est peut-être seulement un espoir, ou une illusion. Ce qui nous conduit à une vraie question : devons nous nous installer ici comme si la situation devait être définitive ou faut-il espérer que les choses changeront. Vous connaissez comme moi l'idée d'un monde qui sera nécessairement meilleur. Le progrès. Dans le monde d'avant, c'était la grande idée. Mais que vaut-elle ? Elle n'a pas empêché le réchauffement climatique et toutes ses conséquences. Sans compter ce qui est arrivé.

- Je sais, je sais. La science de demain trouverait nécessairement des solutions aux problèmes issus de la science d'aujourd'hui… Beaucoup y croyaient. Ou y croyaient encore, sur la lancée de ce qui paraissait évident et comme le prétendaient les prophètes de la *high tech*. La fuite en avant. On verrait bien. « Après nous le déluge », comme disait Madame de Pompadour. En attendant, peut-être les mieux placés pour survivre sont-ils ceux que nous qualifions de sous-développé, ceux qui étaient les moins engagés dans l'ère industrielle et la société de consommation, comme on l'appelait.

- D'accord avec vous. Les tribus du Sahel, enfin de ce qui était le Sahel, sont probablement plus aptes à la survie dans un environnement naturel hostile que les élèves des grandes écoles des pays qui étaient supposés développés. Elles savent se débrouiller, et se débrouiller avec peu, faire face à l'adversité. Nous, on ne sait plus. On compte sur la sécu.»

Amanda venait vers eux, le fusil en bandoulière.

- Vous m'avez fait peur. Je ne vous voyais pas revenir.

- Nous philosophions.

- A propos, les enfants demandent où sont leurs grands parents. Il y a deux solutions. Leur mentir en leur disant qu'ils sont partis en voyage et qu'ils reviendront. Où leur dire la vérité : probablement disparus.

- tu ne crois pas qu'on nous a assez menti et que nous nous sommes suffisamment mentis à nous-mêmes ? »

La soirée, autour des patates cuites à la cendre, porta sur la nécessité de se refaire une existence non seulement sur le plan matériel, mais aussi sur le plan spirituel. Quel sens de la vie inculquer aux enfants ? Comment fallait-il leur parler du monde d'avant ?

Etait-il utile de leur apprendre à lire, à écrire ou à compter ? Apprendre à compter, oui, mais à lire ? Lire quoi ? Les livres rescapés du monde d'avant ? Cela supposait une continuité de ce qu'on appelait la civilisation. L'importance à donner au passé dépendait du regard sur l'avenir. Se contenter de survivre, le moins mal possible, ou espérer une reconstruction de l'humanité, telle qu'on l'avait connue ? Questions sans réponse, au moins en ce qu'était l'état des choses.

oOo

Il devrait partir. Un soir, alors que les enfants jouaient avec une pomme, il mit le problème sur la table.

« - Vous m'aviez dit que je ne pourrais pas rester ici. »

Bastien regarda Amanda, qui regarda Morgan.

« - C'est vrai. Qu'avez-vous l'intention de faire ?

- Me poser dans un endroit possible. Et réfléchir à ce que je ferai après. »

Morgan regarda Amanda, qui regarda Bastien. Les enfants avaient fait rouler la pomme sous la table.

« - Il y a peut-être une solution. A quelques kilomètres d'ici, en direction de la forêt, ou plutôt, en bordure de la forêt, nous avons trouvé un endroit inhabité qui était trop petit pour nous mais qui pourrait vous convenir. L'habitation n'est pas très jojo, mais il y a un puits, ce qui reste d'un jardin potager et c'est suffisamment discret pour qu'on ne vienne pas vous embêter. Si vous voulez, on peut vous y emmener. »

Et donc, l'on se mit en route le lendemain, lui, Amanda, son fusil, Bastien et les deux enfants. Morgan marchait en avant, porteur d'un sac contenant un couteau, une gamelle et des couverts, une casserole, une boîte de petits pois vide à usage de verre à boire, quelques allumettes et des pommes de terre. Première urgence. Lui-même trimballait une bêche. Cadeaux de la maison. Le chemin était difficilement praticable, envahi de ronces, de fougères géantes, de lianes et de tout ce que la nature peut inventer pour faire obstacle aux pas de l'homme. Toujours les moustiques. Ici et là, des granges, des prairies abandonnées. En s'élevant sur la colline, des arbres, une végétation de plus en plus touffue. Il reconnut des chênes, des hêtres, mais il y avait aussi des espèces dont il ignorait le nom, ou même qu'il n'avait jamais vues.

Amanda multipliait les recommandations. Si tu vois des rodeurs, tu te planques. Mieux vaut se faire voler plutôt que de recevoir un mauvais coup. Ils peuvent être teigneux. Les insectes : méfie toi. Fais attention aux araignées vénéneuses et aux scorpions. L'eau du puits est probablement potable et il y a un seau avec une corde. Dans le jardin, ou ce qui avait été un jardin, tu trouveras des restes de culture : carottes, oignons, choux, patates douces, et peut-être même des tomates. Prends en soin, ça te permettra de survivre en attendant la prochaine récolte. Dans les anciens vergers des environs et en forêt, tu trouveras plein de fruits, mais fais attention de ne pas te perdre. Il n'y a pas de poteaux indicateurs et le GPS ne fonctionne pas. Fais attention aussi aux animaux, et notamment aux rats géants. Mais ça, tu sais déjà.

« - On est arrivés. »

C'était une sorte de clairière en pente. Au milieu, une construction bizarre. Pour l'essentiel, une caravane, comme en avaient, dans le monde d'avant, les vacanciers peu fortunés. La caravane avait été calée sur des parpaings et se prolongeait en avant par une sorte de hangar recouvert de tôles ondulées rouillées. En arrière, un bric-à-brac où l'on distinguait le squelette de ce qui avait été une voiture, des ferrailles indéfinissables, des fûts probablement vides, un tas de bois de chauffage, des briques recouvertes de mousse, un rouleau de fil de fer barbelé rouillé et une mangeoire renversée. Le tout dans un foisonnement de ronces, d'orties et de foins jamais coupés. Ou alors pas depuis longtemps. Un peu plus loin, la margelle du fameux puits.

Dans la caravane, un matelas posé à même le sol, une chaise, une table en bois blanc, un meuble à tiroirs surmonté de rayonnages et un fauteuil à bascule. Le tout recouvert de poussière et de toiles d'araignées. Sur le sol, un tapis mécanique élimé qui évoquait plutôt une serpillère. Au mur, une gravure représentant un cerf en arrêt au milieu de la forêt sous un rayon de soleil. Et un calendrier de la poste datant du début des années deux mille. Qui donc avait pu habiter dans un endroit pareil ? Peut-être la maison de campagne d'un ouvrier de la ville voisine. Peut-être un vieux qui avait ici fini ses jours. Ou alors un forestier ou un braconnier. Il se dit que c'était sans doute un braconnier. Ca l'amusait de le croire. Dans la région, ça ne pouvait pas être un contrebandier. En tout cas, c'était quelqu'un qui ne cherchait pas la compagnie.

« - Voilà ton palais. Ca te plaît ? »

- Tout à fait. Simplement, ça manque de quelques pots de géraniums aux fenêtres.

2 – La catastrophe

La catastrophe s'était produite d'un coup. Un petit matin, à 5h47. L'électricité ne fonctionnait plus. Il ne fallait pas trop s'inquiéter. Les coupures de courant étaient devenues fréquentes. Mais elles ne duraient jamais très longtemps. Cette fois, pourtant, elle dura. Les ménagères s'inquiétèrent pour le contenu des frigos et des congélos. Les climatisations étaient à l'arrêt. Sans doute les trains et le métros aussi. D'habitude, la radio mentionnait l'incident, toujours en soulignant que les techniciens étaient au travail et que le courant serait rétabli dans les meilleurs délais. Normal. Cette fois-ci, pourtant, elle était silencieuse. Encore une chose inhabituelle : les téléphones portables, eux aussi, étaient silencieux. Ce fut ce qui inquiéta le plus les gens, et notamment les jeunes. Beaucoup se précipitèrent sur Internet, mais Internet, évidemment, ne marchait pas. Plus de réseaux sociaux où chercher les nouvelles. Que faire ?

Les portes s'ouvrirent et les voisins s'interrogèrent les uns les autres. Bien entendu, on s'en prit à l'incurie des pouvoirs publics. Certains partirent au boulot, ou essayèrent de partir, d'autres non. Sur les quais des gares, la foule s'accumulait. Bien entendu, on s'attendait à ce que les choses reviennent à la normale.

C'était une question de temps. Que pouvait-on imaginer d'autre ? Le plus pénible était l'absence d'informations. Comment expliquer ce qui se passait si on ne disposait pas d'un minimum de données. Les hypothèses fleurissaient, toujours les mêmes. Les rumeurs devenaient des certitudes. Et toujours cette attente, cet insupportable attente.

Vers midi, il fallut bien se résoudre à admettre qu'il se passait quelque chose de vraiment anormal. Tous ceux qui étaient chez eux se résolurent à la perspective d'avoir à déjeuner d'un repas froid. Quelques uns étaient partis à pied aux provisions, mais ils constatèrent que les grandes surfaces étaient fermées. Il y avait bien encore quelques épiceries, souvent tenues par des Tunisiens ou des Syriens, mais il n'y en avait pas partout. Quelques uns ou quelques unes, prévoyants, firent provision de conserves. On ne savait jamais. On se moqua d'eux. Les affaires, pour les Tunisiens et les Syriens, étaient bonnes. Seul problème : ils n'étaient pas livrés et les rayons de fruits commençaient à se dégarnir.

Une petite foule s'accumulait devant certains services publics, et notamment les mairies. Les rares fonctionnaires présents avouaient leur ignorance, se voulant néanmoins rassurants et conseillant à chacun de rester chez lui. On afficherait les nouvelles dès que l'on en aurait. Les policiers et les pompiers paraissaient plus soucieux. Eux non plus n'avaient aucune nouvelle. A la radio, leurs appels sur la fréquence de la police restaient sans réponse. Or, des incendies et des vols avaient été signalés ici ou là. Ils avaient envoyé un véhicule à leur état major pour obtenir des instructions, mais il n'était pas revenu. Leur inquiétude se justifiait : l'ordre repose sur la centralisation des informations et ils n'avaient pas d'informations. Les procédures ne prévoyaient pas semblable situation.

Qu'est ce qui avait pu se passer pour que le courant ne soit pas encore rétabli ? On parla d'une attaque surprise d'une puissance étrangère, qui aurait détruit l'ensemble des centrales nucléaires qui alimentaient encore, pour l'essentiel, le réseau électrique. Oui, mais laquelle, et pourquoi ? On cherchait dans l'actualité récente les raisons qui auraient pu justifier une telle hypothèse. Certains affirmaient savoir, par un ami bien placé, qu'il s'agissait en réalité d'un exercice destiné à tester les réactions de la population et l'efficacité des services publics. Il ne fallait donc pas s'inquiéter. Ils prenaient l'air satisfait de celui qui sait et qui a suffisamment de caractère pour ne pas céder à la panique générale. Ils répondaient gentiment aux questions qui leur étaient posées et leurs réponses étaient immédiatement colportées et amplifiées comme autant de certitudes bien établies. L'exercice avait été décidé par le président de la République en personne, qui prendrait la parole dans la soirée, à la télévision, après le rétablissement de l'électricité. Il serait ainsi assuré d'un taux d'écoute maximal.

Un professeur de géographie-écologie suggéra que tout laissait à penser qu'un astéroïde géant avait percuté la terre, bouleversant les systèmes énergétiques. C'était un homme d'expérience et il fut écouté avec respect. Il en profita pour rappeler qu'il n'était pas étonné et que son groupe écolo ne cessait de rappeler depuis des années que nous courions à la catastrophe. Le cercle de ses auditeurs se dispersa en silence. Un rigolo soutint qu'il savait ce qui s'était passé. Un jeune technicien, selon lui, pressé de retrouver sa copine, avait, en quittant son travail, négligé d'actionner l'interrupteur qui commandait l'ensemble du dispatching électrique. On sourit un peu et on lui demanda de garder ses conneries pour lui.

La circulation automobile, en l'absence de trains, de tramways et de métro, se transforma vite en un imbroglio indescriptible, les feux tricolores étant bien entendu en panne. Un méga-bus articulé bloqua pendant plus d'une heure l'un des carrefours les plus fréquentés de la capitale. On déplora plusieurs accidents et un certain nombre de bagarres. Au bout de quelques heures d'attente au volant de leur véhicule à l'arrêt, certains automobilistes en venaient à le laisser là où il était et à poursuivre leur chemin à pied.

Une femme accoucha dans une ambulance immobilisée. Dans l'autocar qui les promenait d'un haut lieu de la ville à l'autre et qui se trouvait bloqué devant le jardin botanique, un groupe de touristes japonais demeura stoïque pendant plusieurs heures, écoutant en silence les explications de leur guide sur le Baron Haussmann et ses vue en matière d'urbanisme, ignorant qu'il s'agissait d'une étudiante dont c'était là le sujet de thèse. La pollution atmosphérique dépassa de loin tous les records enregistrés au cours de l'été précédent.

Les journalistes, privés de tout moyen d'expression, ruminaient l'édito qu'ils proposeraient le lendemain, réfléchissant à un titre accrocheur. Certains s'étaient mis au travail, quelques uns pestant d'avoir négligé de recharger la batterie de leur ordinateur. D'autres imaginaient un radio-trottoir, y trouvant un prétexte pour quitter leur bureau surchauffé et s'en aller siffler une bière, malheureusement tiède, au bistro du coin. Les rédacteurs en chef respectifs de la rubrique politique des différents quotidiens, de leur côté, se demandaient quelles conclusions ils tireraient de l'accident. L'un d'eux, venu au journal sur son vélo électrique, y vit la conséquence d'une grève décidée sans préavis par les syndicats ; un autre, venu à pied parce qu'il avait oublié d'en recharger la batterie, y voyait un effet de la politique désastreuse menée par la majorité au pouvoir.

Au palais présidentiel, on s'alarma vite de l'absence de toute information. Le Président, connu pour la rapidité de ses réactions, décida dès le milieu de la matinée de réunir une cellule de crise. Des motards furent dépêchés pour en réunir les membres. Les ministres ainsi convoqués n'étaient pas à leur bureau, le premier ministre ayant eu la même idée que le président, mais avec quelques minutes d'avance. Seule put être prévenue la ministre des droits de la femme, qui fut ravie que l'on eût pensé à elle. On perdit donc un temps précieux, ceci sans compter que tous les motards ayant été ainsi dépêchés, il fut impossible de joindre le siège des compagnies électriques afin de se renseigner sur les causes de la panne. Quant au premier ministre, il se contenta de signer un communiqué expliquant à la population qu'elle ne devait pas s'inquiéter et que la situation était sous contrôle, de sorte qu'elle reviendrait rapidement à la normale.

La journée se passa. Les plus prudents avaient fait provisions de bougies, non sans difficultés, les grandes surfaces étant finalement restées fermées et les quincailleries devenues rares. On se prépara à un nouveau repas froid et à une nuit dans l'obscurité. C'est alors, vers 22 heures, que l'on entendit une forte explosion vers le nord de la ville. Il n'en fallut pas plus pour que chacun redoutât un coup d'Etat. Les spéculations allaient bon train. Le plus pénible était de n'avoir personne avec qui les partager sur les réseaux sociaux. On redoutait d'autres explosions, certains se demandant s'il ne s'agissait pas d'une attaque aérienne. Fallait-il se terrer dans la cave ? Finalement, le silence se fit. En l'absence du feuilleton télévisé, beaucoup de bébés furent conçus cette nuit-là.

oOo

Le lendemain, la situation n'avait guère évolué. Le contenu des congélos était irrémédiablement perdu, compte tenu de la température ambiante, qui dépassait de nouveaux records. A l'entrée des mairies de quartier et des commissariats de police fut placardée une affiche officielle. On y apprenait que la communauté nationale faisait face à de graves perturbations et que les pouvoirs publics étaient conscients des inconvénients majeurs qui en résultaient pour la population. Celle-ci était invitée à ne pas céder à la panique et à faire preuve de courage, comme elle avait si souvent su le faire au cours de son histoire. Les services techniques travaillaient d'arrache pied à un retour à la normale. En attendant, il convenait de se méfier des cambriolages et de signaler aux services concernés les personnes, et notamment les personnes âgées, qui seraient incommodées par la chaleur. Le Président tenait à renouveler sa confiance en la maturité des Français qui l'avaient élu.

Cette affiche avait été extrêmement compliquée à imprimer. Bien évidemment, les rotatives de l'Imprimerie nationale, privées de courant électrique, étaient inopérantes. Il ne s'était pas trouvé une imprimerie, parmi celles qui avaient été contactées par les coursiers du Palais, à se dire en mesure de la tirer. Il avait fallu que quelques militants, parmi les plus âgés de la fédération du livre CGT, se souviennent de l'existence, quelque part, d'une vieille Gestetner à manivelle qui, dans les temps anciens, servait à tirer les tracts. Il avait fallu la retrouver, dans une cave de la bourse du travail et en retirer les toiles d'araignées ; il avait aussi fallu trouver une machine à écrire mécanique, de marque Japy, avec son ruban, des stencils, les ramettes du papier qu'il fallait, et qui n'était pas celui qui servait pour les photocopieurs, de l'encre et du tipex. Le résultat n'était pas parfait, mais au moins il était lisible. Seule la CGT avait été en mesure de mener à bien un tel projet et le délégué syndical de l'Imprimerie nationale ne manqua pas de le faire valoir au directeur général. Comme il disait, « on a vu pire à l'époque de l'Occupation et de l'Huma clandestine ».

Dument informée, sinon rassurée, la population s'interrogeait. Les uns faisaient confiance à la majorité qu'ils avaient élue deux ans auparavant ; d'autres craignaient le pire de ceux auxquels ils étaient opposés pour toutes sortes de bonnes raisons. Craignant que cela ne dure un certain temps, beaucoup se rendirent aux distributeurs automatiques afin de tirer de l'argent ; c'était oublier qu'ils ne fonctionnaient pas. Ceux qui le pouvaient firent provision de farine, de riz et d'huile, oubliant parfois qu'ils ne pourraient les accommoder, faute de courant ou de gaz. Ceux qui en avaient la possibilité mirent l'indispensable dans le coffre de la voiture, comme s'ils partaient en vacances, et fermèrent la maison pour se rendre, bravant les embouteillages, à leur fermette à la campagne. Ils feraient de l'essence en route, mais c'était oublier que les stations-services n'étaient plus équipées de pompes à main et qu'elles avaient fermé elles aussi.

Vers le soir, des rumeurs commencèrent à circuler. La panne, générale, concernait toute la France, et peut-être même plus. Mais, surtout, et c'était beaucoup plus inquiétant, il se disait qu'une vaste région, grande peut-être comme un département, avait été bouclée par l'armée. On ne pouvait ni s'y rendre ni en sortir. Des infirmiers affirmaient que des équipes médicales y avaient été dépêchées. Plusieurs hélicoptères de la Sécurité civile avaient été entendus. Les pompiers affirmaient ne rien savoir ; c'était donc qu'il se passait quelque chose de louche. Et bien entendu, plus les autorités se voulaient rassurantes, plus les gens étaient inquiets. La situation était grave, très grave. C'était beaucoup plus qu'une simple panne. C'est vers ce moment là que l'eau vint à manquer au robinet.

oOo

Assis sur son fauteuil à bascule, le vieux se balançait tranquillement en regardant le ciel. Son métier, c'était d'analyser et de prévoir. De bâtir des hypothèses. Il n'en savait pas plus que ce qu'on lui avait rapporté des bruits de la rue mais c'était déjà clair : il s'agissait d'autre chose que d'un accident. C'était une catastrophe. Selon toute apparence, les pouvoirs publics avaient été pris de court. Sans quoi des solutions de repli auraient été prévues, ce qui ne semblait pas le cas. Très probablement, certains en savaient plus que ce qui était distillé à l'intention de l'opinion publique et que rapportait la rumeur. Il s'agissait d'éviter un vent de panique. Mais il n'était pas certain que cette ligne de défense tiendrait très longtemps. Et donc, de deux choses l'une : ou bien, en haut lieu, on savait que très rapidement la situation allait se dénouer, ou bien il fallait s'attendre au pire.

Qu'il y ait eu un accident nucléaire, c'était hautement probable. Mais il y a accident nucléaire et accident nucléaire. La zone d'exclusion semblait étendue, ce qui plaidait pour un accident majeur. En soit, cela ne l'étonnait pas. C'était même prévisible. Et que les pouvoirs publics n'en aient rien dit, tout autant. Par contre, il y avait quelque chose de troublant : comment se faisait-il que ce soit l'ensemble du réseau qui se soit planté. Dans le cas de Fukushima, cela n'avait pas été le cas. Il devait donc y avoir autre chose. Mais quoi ? Il lui aurait fallu en savoir plus.

L'accident nucléaire semblait confirmé par les témoignages des infirmiers. Il semblait que les réserves d'iode disponibles aient été réquisitionnées et expédiées vers l'ouest. C'était une preuve suffisante. On savait bien que nos centrales nucléaires étaient vieillissantes. Robustes mais vieillissantes. Elles se trouvaient en outre fragilisées pour des raisons qui tenaient au facteur humain. Pour diminuer leurs coûts, les compagnies d'exploitation du parc nucléaire avaient beaucoup externalisé la maintenance. Et, financièrement, elles mettaient la pression sur leurs sous-traitants. A quoi s'ajoutait le fait qu'elles n'avaient plus, en interne, toutes les compétences qui auraient permis de contrôler leur travail. Cela, elles s'efforçaient de le cacher ou de le nier, mais il ne fallait pas être dupe.

Il aurait donc fallu que les autorités chargées d'assurer la sûreté nucléaire fassent preuve de la plus grande vigilance. Cela avait été le cas autrefois, mais cela ne l'était plus, ou ne l'était plus toujours. L'agence dont c'était la responsabilité manquait de moyens. Ses préconisations n'étaient pas nécessairement mises en œuvre, loin de là. Les pouvoirs publics évitaient de leur faire une publicité excessive. Ses membres faisaient en outre l'objet d'énormes pressions. Affirmer que les cuves présentaient des fissures, cela revenait, prétendaient leurs critiques, à céder au délire écologiste et à s'inscrire contre la politique énergétique du gouvernement, dont chacun devait reconnaître la sagesse. Cela devenait une affaire de communication. D'où le discours officiel : faites confiance aux experts et dormez tranquilles, bonnes gens !

Nous étions dans un pays où le progrès, depuis le début du XIXème siècle, s'identifiait à la mise en œuvre du savoir scientifique et technique. Chacun le voyait bien : les progrès de la médecine, les progrès dans les transports, les progrès dans les aménités de la vie quotidienne. L'homme de science était respecté comme l'était autrefois le clergé. C'était celui qui savait ce qui était vrai, et donc ce qui était bon. Et le pouvoir de ce clergé scientifique était largement lié à la nouvelle noblesse économique dont la prospérité se nourrissait de la fois du progrès et de la science.

En attendant, cela n'apportait aucune lumière sur ce qui allait maintenant se passer. Le vieil homme se leva de son fauteuil et se dirigea vers la fenêtre. Le soir tombait et la ville était sombre. Il eut une pensée pour sa compagne. Aucun moyen de la joindre. Elle s'était rendue à un colloque international de physique quantique. Où se trouvait-elle maintenant ? Impossible, évidemment, de le savoir. Pas d'autre solution que de patienter. Il eut un pincement de cœur et, peut-être afin de se changer les idées, se leva pour se diriger vers la cuisine. Zut, il n'y avait plus d'eau au robinet.

Qu'allait-il se passer ? Certainement, dès demain, ce serait l'exode. Il pensa à *La Guerre des mondes*, de Wells. La panique. L'absence d'informations fiables. Et donc, les rumeurs. La foule en perdition. Le pillage de ce qui pouvait être pillé. La police débordée. Les incendies. Il ne voyait que trop bien ce qui allait advenir. Et donc, lui-même, qu'allait-il faire ? La catastrophe, cela faisait longtemps qu'il y avait pensé. Mais il n'imaginait pas qu'elle se produirait comme ça, de façon aussi rapide et aussi inattendue. Sans doute était-il comme tout le monde. Il voyait bien que les choses ne pourraient pas durer comme elles allaient. Mais comme tout le monde autour de lui, il n'en tirait guère de conséquences. Et pourtant, les signes annonciateurs étaient là, qui se multipliaient de plus en plus.

oOo

C'était vraiment invraisemblable. Carrément invraisemblable. Le président de la compagnie d'électricité ne décolorait pas. Le matin, dès qu'il avait constaté qu'il n'y avait pas d'électricité chez lui, il avait cherché à téléphoner. Mais aucun de ses trois portables n'obtenait de réponse, ni le portable professionnel, ni son portable perso, ni le portable crypté. Silence à la radio. Silence à la télé. Il avait été obligé d'attendre que son chauffeur vienne le prendre, à l'heure habituelle. Bien entendu, il n'avait rien pu lui dire d'utile, ni même d'intéressant. Arrivé au siège, il s'engouffra dans l'ascenseur qui le mena directement au 38ème étage, où son assistante l'attendait.

« - Qu'est ce qui se passe ?

- Je n'en sais rien, Monsieur. Y a plus de courant.

- ça, j'avais remarqué. Appelez-moi Morlin. »

Morlin était injoignable.

« -Appelez-moi Andrieux. »

Andrieux était injoignable.

« - Enfin, trouvez-moi quelqu'un !

- Oui, Monsieur. »

Elle trouva le nouveau *deputy général manager* chargé des *public affairs,* un jeune énarque à la raie clairement tracée dans une coupe de cheveux impeccable et au costume bleu marine de bonne coupe.

« - Qu'est-ce qui se passe ?

- Je n'en sais rien, Monsieur. J'ai essayé de joindre Morlin, mais ça ne répond pas. »

Il poussa un grand soupir.

« - Je sais. Bon, il va falloir que j'y aille moi-même. »

Et c'est là que l'invraisemblable, l'incroyable, l'inacceptable, s'était produit. Les ascenseurs ne marchaient plus. Sans doute que les groupes électrogènes de la tour avaient rendu l'âme. Il eut envie de pleurer. Comme quand son cousin, à Noël, lui avait cassé son camion-grue tout neuf. Bloqué au 38ème étage, sans pouvoir téléphoner et sans personne pour lui dire ce qui se passait. Il rentra dans son bureau et s'affaissa dans son fauteuil.

« - Voulez-vous un café, Monsieur ?

- Un café froid ?

- Ah oui, je n'y avais pas pensé. »

Tous des nuls, pensa-t-il. En attendant, il lui fallait prendre une décision. C'est bien ce qu'on attendait de lui. Il resta deux bonnes minutes sans bouger. Son assistante et le *deputy général manager,* qui s'appelait Ardouin, Gérard-Antoine Ardouin de la Fosseraye, le regardaient en silence, la mine défaite. Alors, se levant, il se dirigea vers la fenêtre. Aucune lumière. Nulle part dans la ville, et notamment, aucune dans la tour où se trouvait le siège de la compagnie concurrente, ce qui le rassura un peu. Par contre, en bas de la tour, son regard accrocha un petit groupe, qui semblait en grande discussion.

« - Mais je te dis qu'il est là-haut, dans son bureau !

- Mais comment y serait-il monté ? Les ascenseurs sont HS !

- Oui, mais ce matin, ils ne l'étaient pas. Je le sais, quand même, c'est moi qui l'ai amené de chez lui ! »

C'est alors que se présenta un motard de la Garde républicaine.

« - Pouvez-vous me conduire au président. Le président, je veux dire le président de la République, veut le voir de toute urgence. »

Silence consterné.

« - Je crois qu'il est dans son bureau.

- Pouvez-vous m'y conduire ?

- c'est au 38ème étage et les ascenseurs sont en panne.

- On peut vous montrer où est l'escalier. »

Pendant ce temps, au 20ème étage, un homme un peu vouté, arrivé dès 7 heures du matin, errait seul comme une âme en peine dans les bureaux vides, ou plutôt du plateau désert. C'était Morlin, le vice-président en charge de l'exploitation. Il avait le choix entre deux options : ou bien monter au 38ème étage, soit dix-huit étages par l'escalier ; ou bien, par ce même escalier, en descendre vingt. Le choix fut vite fait. Bien sûr, c'est parce que le centre logistique se trouvait au sous-sol. Cela lui parut le plus urgent. Et c'est au dixième étage qu'il tomba sur un motard de la Garde républicaine, qui, lui, montait l'escalier, un peu essoufflé. Ils s'entendirent et ils descendirent ensemble.

Pendant ce temps, le président, celui de la compagnie électrique, faisait en vain de grands gestes derrière la baie vitrée de son bureau du 38ème étage, pour essayer de se faire remarquer. Il devait y rester trois jours, tout le monde le cherchant là où il n'était pas. Son chauffeur avait disparu, déclarant qu'il emmenait la voiture en révision. On ne le revit jamais. Au siège de la compagnie concurrente, la situation n'était guère meilleure. Le président, las d'attendre son chauffeur qui n'arrivait pas, avait quitté son domicile vers 7 heures afin de se rendre à son bureau sur son vélo électrique. Malheureusement, il avait négligé de le recharger, de sorte qu'il tomba en panne dans un souterrain obscur où des SDF le détroussèrent, le laissant pour mort. On devait le retrouver trois jours plus tard, hagard, mais il n'était pas le seul dans ce cas, de sorte que personne ne s'intéressa à lui. Heureusement, les procédures s'appliquant en cas de crise prévoyaient le cas d'une incapacité du président à exercer sa fonction. La vice-présidente en charge de l'administration et des finances, une jeune femme énergique et ambitieuse, avait occupé sa place. Elle prit immédiatement la sage décision d'attendre davantage d'informations sur les tenants et aboutissants de la situation avant de prendre toute décision.

oOo

Au bout de trois jours, la situation s'était considérablement dégradée. Au palais présidentiel, la cellule de crise, réunie maintenant presque au complet, siégeait pratiquement sans discontinuité. Les renseignements militaires avaient pu établir qu'il s'agissait d'une crise internationale, mais l'on ne savait pas si elle touchait l'Amérique, l'ambassadeur des Etats Unis, venu en voisin, se disant lui-même sans nouvelles du Département d'Etat. C'était une crise systémique, déclara un membre du cabinet présidentiel. On pouvait penser que l'accident nucléaire s'était greffé sur une conjoncture financière qui en avait multiplié les effets, la spéculation ayant parié sur le désastre qu'elle avait contribué à provoquer. Un effet de contagion avait donc abouti à une paralysie de l'économie mondiale. Certains ne voyaient pas bien par quels mécanismes, mais la démonstration était très claire et ils furent les premiers à invoquer par la suite la crise systémique.

Les estafettes motorisées, dépêchés dans les commissariats de quartier, revenaient porteuses de nouvelles alarmantes. La panique gagnait du terrain. Les cas de pillage se multipliaient. Le président dicta un communiqué invitant de nouveau au calme et précisant que tous les cas de vandalisme seraient énergiquement punis. La CGT, cette fois, refusa de l'imprimer, considérant qu'il s'agissait d'une politique de répression. Il resta donc lettre morte. Ce n'était pas la faute des gens s'ils subissaient les conséquences de l'incurie du gouvernement. Il leur fallait bien se nourrir. L'Etat aurait dû constituer des réserves de denrées dans des entrepôts nationaux, comme la CGT l'avait suggéré dès le milieu du siècle précédent.

Les pillages se multipliaient, mais leurs auteurs se heurtaient à des difficultés. Comme les grandes surfaces étaient fermées, il fallait donc en forcer les rideaux métalliques ou enfoncer les vitrines. Ce ne pouvait être que le travail de professionnels. Vint ensuite la foule des clients habituels, qui venaient, dans la pénombre, se servir en eau, en conserves et en produits de première nécessité. La police tenta d'intervenir, mais elle fut vite débordée. En outre, les véhicules manquaient de plus en plus de carburant. Et donc, elle était réduite à l'impuissance, les représentants de l'ordre réduisant leurs interventions à la seule réquisition des marchandises nécessaires à leur propre consommation. Les pompiers, de leur côté, s'efforçaient de faire bonne figure. Pourtant, personne n'était dupe. Chacun pouvait librement se servir, et ceci en toute impunité. Certains jeunes s'enhardirent jusqu'à refournir leur garde robe ou à s'équiper d'un scooter. Par contre, étant au moins provisoirement inutiles, les portables eurent moins de succès.

Malgré tout, la vie devenait de plus en plus difficile. On ne comptait plus les agressions, sans compter la présence d'une multitude de chiens errants affamés et, surtout, de rats. Les beaux quartiers, pourtant moins touchés, avaient été les premiers à se dépeupler. Le mouvement s'amplifia. Mais c'était difficile de s'en aller comme ça. Il ne fallait pas compter, bien entendu, sur les transports en commun. Beaucoup n'avaient aucune idée du lieu où ils pourraient se réfugier. Tous n'avaient pas de la famille en province ou à la campagne. Ceux qui avaient une voiture tentèrent de gagner l'autoroute. Mais ils étaient de plus en plus nombreux à avoir eu la même idée, de sorte que les bouchons s'allongeaient dans la chaleur moite. Les enfants pleuraient en réclamant à boire. Il fallait laisser sur le côté la voiture si chèrement acquise, avec tout son contenu, et tenter de gagner l'hypermarché le plus proche. Bref, c'était l'enfer.

Tous ne pouvaient pas envisager une telle solution. Nombre de personnes âgées, restées seules, disparurent sans bruit. Dans les hôpitaux, une grande partie du personnel s'était discrètement éclipsé, à commencer par les médecins et les infirmiers. Les aides soignantes, souvent plus compatissantes, faisaient ce qu'elles pouvaient, retrouvant certaines des contraintes qu'elles avaient connues dans les banlieues de Bamako. Les gardiens de prison avaient disparu, quelques uns ayant eu l'heureuse idée d'ouvrir les grilles et de libérer les détenus. Paradoxalement, c'est dans les banlieues réputées difficiles qu'il y eut le moins de problèmes. Il existait toujours un service d'ordre qui témoignait d'une certaine efficacité.

Sur les autoroutes, c'était la débandade. Seul l'exode de 1940 pouvait en donner une idée approchante. Mais la situation était beaucoup plus grave. En 1940, il y avait des vélos, des remorques, des charrettes, des poussettes, beaucoup de moyens de transport dont on n'avait plus idée. La colonne en déroute était également beaucoup plus nombreuse. Certaines familles, découragées, s'étaient affalées sur le bas côté, attendant peut-être un secours qui ne viendrait pas. Il y avait peu de manifestations de solidarité à l'égard de qui que ce soit. Bien au contraire. C'était à qui passerait le premier et les plus forts ne se gênaient pas pour bousculer les plus faibles, voire pour les détrousser. Certains vélos changèrent ainsi de mains, quelquefois plusieurs fois. Bien entendu, cela générait des bagarres, que les spectateurs faisaient semblant de ne pas voir. Une voiture officielle portant le macaron tricolore de la République et qui tentait de se frayer un passage en klaxonnant sans interruption fut fortement secouée et son occupant faillit se faire lyncher. Il s'en fallait, toutefois, que l'anarchie fût devenue absolument totale. Dans quelques points d'accueil de la Croix Rouge française, des bénévoles, souvent jeunes, distribuaient faute de mieux des verres d'eau, un par personne, car elle commençait à être contingentée.

La colonne s'étirait, mais il lui faudrait parvenir quelque part. Beaucoup se contentaient de suivre ceux qui les précédaient, s'imaginant à tort qu'ils savaient où ils allaient. Le soir, certains s'arrêtèrent pour camper, là où ils pouvaient, certains dormant dans leur voiture, d'autres dans les herbes du bas côté. On entendait des pleurs d'enfants. A un certain endroit, on sentit même l'odeur d'un barbecue. Les plus déterminés, ou ceux qui se trouvaient le plus en difficulté, allaient taper à la porte des fermes. Ils n'étaient pas forcément bien accueillis. Si l'on ouvrait aux uns, il faudrait ouvrir aux autres, et finalement à tout le monde. On mettait en avant les enfants qui crevaient de soif. Certains agriculteurs se laissaient attendrir. D'autres, plus prudents ou moins compatissants, se montraient inflexibles, n'hésitant pas pour certains à sortir leur carabine. Ils défendaient leurs biens. Déjà, certains vergers avaient été dévastés, les cultures piétinées.

oOo

Une semaine après la panne, il n'avait toujours pas quitté son domicile. D'une façon qu'il savait irrationnelle, il espérait la voir un matin apparaître à la porte avec sa valise à la main. S'il s'en allait, elle ne saurait où le retrouver. Il y aurait alors fort peu de chances qu'ils se retrouvent réunis un jour. Or, il apparaissait de plus en plus clairement qu'il n'y aurait pas de retour à la normale, comme il l'avait malgré lui espéré, tout en sachant, probablement mieux que d'autres, que c'était très peu probable.

La vie, même en reclus, devenait en outre de plus en plus difficile. Ses réserves de conserves s'épuisaient. Il n'avait presque plus d'eau minérale et les bouteilles vides s'amoncelaient. Il en était réduit à puiser l'eau du chauffage central pour se laver. Une odeur épouvantable de matières en décomposition flottait sur la ville. Les rues s'étaient peu à peu vidées, l'exode ayant pris fin. Il y avait bien quelques maraudeurs, que l'on pouvait supposer animés d'intentions douteuses. Et puis des vieux, calfeutrés chez eux, qui n'avaient pu se résoudre à quitter le cadre de leur existence, qui ne savaient où se rendre et que l'on avait tout simplement oublié. Ce serait bientôt son cas. Il était désormais seul dans son immeuble, dont la porte d'entrée était grande ouverte, le digicode ayant bien évidemment cessé de fonctionner. Il entendait parfois des bruits suspects dans l'escalier et l'on avait tenté un soir de forcer sa porte. Il s'était manifesté bruyamment, menaçant les intrus de toutes sortes de choses dont il était par ailleurs bien incapable, de sorte que les pilleurs n'avaient pas insisté. Ils avaient sans doute mieux à faire ailleurs.

Le quatrième jour, il avait reçu la visite de l'un de ses amis, qui demeurait non loin de là.

« - Toujours pas parti ?

- Tu vois...

- Qu'est ce que tu en penses ?

- Rien. C'est la fin d'un monde ».

Non, pas la fin du monde, la fin d'un monde. La planète continuerait à tourner autour du soleil. La vie sur terre se maintiendrait très probablement, mais elle serait sans doute très différente de celle qu'on avait connu. Une ère nouvelle. Il y en avait déjà eu plusieurs. Il n'était d'ailleurs pas certain que l'humanité y trouverait sa place. Et si elle se maintenait, ce serait probablement d'une façon marginale, non plus de cette façon conquérante qui l'avait conduite à sa chute. Depuis des décennies, son métier avait conduit le vieux à percevoir les traces de cette mutation. D'abord, l'aspect le plus visible : le réchauffement climatique. L'alternance d'orages dévastateurs et de périodes de sécheresse. La multiplication des cyclones. La montée du niveau de la mer et l'inversion du *Gulf Stream*. La désertification d'espaces de plus en plus étendus, y compris en Europe.

Les causes en étaient connues. Le CO2. Mais il n'y avait pas que le CO2. Il y avait les déchets industriels qui n'étaient toujours pas recyclés, malgré ce que prétendaient les grands chefs et quelques efforts plus ou moins isolés, savamment mis en valeur pour les besoins de la com. Tout ça, on le savait. Et pourtant, on continuait. Les compagnies pétrolières continuaient à pomper, comme les Shadocks ; les compagnies minières continuaient à creuser, de plus en plus profondément, à la recherche de métaux rares ou devenus rares ; les campagnes avaient été envahies d'éoliennes disgracieuses et dont la trace carbone liée à leur installation n'était jamais mise en avant. La déforestation, la pollution des sols, gagnaient du terrain.

Tout cela, on le savait. On le savait depuis des années. Et pendant ce temps, on publiait des rapports, on discutait de plans d'action, toujours trop limités, toujours trop tardifs, et d'ailleurs rarement suivis d'effets. Les entreprises mettaient en avant leur politique de respect de l'environnement sans préciser que sa mise en œuvre était subordonnée à leurs objectifs financiers immédiats. Les gouvernements qui se succédaient leur imposaient des objectifs environnementaux, mais pas trop, pour ne pas compromettre la croissance, de laquelle dépendait l'emploi, et donc leur réélection. On se saoulait de grands mots, sans compter ceux qui se donnaient pour objectif de jouir de la vie pendant qu'il en était encore temps. Et donc, fallait-il s'étonner qu'on en soit là ?

Son ami en convenait, sans pour autant se montrer aussi catégorique.

« - Je sais, je sais ! Il y eu quand même un énorme travail de fait. Mais les résultats sont peu visibles. Il y a les activités d'extraction, mais il y a aussi toute une génération qui se veut respectueuse de la nature. Pourtant, elle ne fait pas parler d'elle parce qu'elle se tient loin du pouvoir, des industries extractives et du monde politique. Or, aujourd'hui, les industries extractives sont à l'arrêt et les pouvoirs publics n'existent plus.

- Autrement dit, il fallait que ça arrive ?

- Au point où on en était, peut-être… »

Ils s'étaient longuement serrés la main :

« - Rendez-vous dans un autre monde ! »

Le reverrait-il ?

Ce dont il commençait à prendre conscience, c'est que la totalité des ses habitudes allaient se trouver bouleversées. Il s'était créé une sorte d'équilibre entre lui-même et son environnement. Il maîtrisait les compétences qui lui permettaient d'y survivre, voire même d'y vivre assez bien. Touts ces compétences risquaient bien de ne plus lui servir à rien. A la limite, il serait probablement beaucoup moins apte à la survie, dans la débâcle générale et dans le monde qui suivrait, que le jeune des cités ou que l'agriculteur bio dans sa ferme au fond du Calvados. Il avait tout à apprendre. Il lui faudrait développer des qualités qu'il n'était pas sûr d'avoir. Et certaines de ses habitudes risquaient même de constituer un obstacle. Peut-être pas toutes. Il faudrait faire le tri. En attendant, il lui fallait se mettre en route.

oOo

Et d'abord, savoir ce qu'il emporterait. Côté contenant, il disposait d'un petit sac à dos et d'une valise à roulette. Il y avait des choses évidentes à y mettre. Un gros pull, un anorak, du linge de rechange. Mais ce n'était pas un départ en vacances, ou alors se seraient de longues vacances. Il se heurtait à des dilemmes : ne pas se charger trop lourdement, mais emporter tout de même ce qui lui serait nécessaire. Classique. Mais qu'est ce qui lui serait nécessaire dans le monde plus ou moins inconnu qui l'attendait ? L'argent aurait-il encore cours ? La question du contenu de la trousse de toilette le conduisit à des réflexions qui relevaient presque de la philosophie. Pas question, bien évidemment, d'emporter un rasoir électrique. Mais quoi d'autre ? Il comprit aussi qu'il lui manquait plusieurs objets qui lui seraient *a priori* indispensables : un couteau de poche, par exemple. Il y avait longtemps qu'il n'avait pas campé.

Il écrivit une longue lettre à l'intention de sa compagne, qu'il laissa en évidence sur la table. Il savait que c'était probablement peine perdue ; s'il le fit, c'était d'abord pour se mettre en accord avec sa conscience. Puis il claqua la porte, laissant derrière lui ce qui avait fait jusqu'à présent son existence. Il descendit dans la rue, surpris par la moiteur ambiante, prit par les boulevards la direction de l'ouest, atteint un périphérique encombré de véhicules en panne, traversa un bois, atteint l'autoroute, eut à gravir une montée au-delà du fleuve. Il avait de plus en plus soif, il avait mal aux pieds. Il se demandait si c'était une bonne idée de s'être encombré d'une valise, même à roulettes, et il finit par se résoudre à l'abandonner.

Le soir venu, quelques kilomètres plus loin, il parvint à un bretelle au-delà de laquelle se voyait l'enseigne de ce qui avait été un hôtel d'une chaîne connue. Un vieux réflexe lui vint : demander une chambre au calme, prendre une douche, boire une bière fraîche au bar, se restaurer. Un rêve inaccessible, bien évidemment. En outre, il avait été précédé par de nombreux fuyards. Le hall était encombré de gens de toutes sortes : familles accompagnées d'enfants et qui tentaient de les calmer, un homme d'un certain âge, l'air hagard, qui se prétendait président d'une compagnie d'électricité et qui réclamait son chauffeur, des jeunes défendant leurs fauteuils, trop contents de jouir d'un luxe qui leur avait été toujours refusé, une jeune maman qui se demandait comment faire chauffer son biberon, un vieillard essoufflé, affalé sur un sac de voyage, une dame qui avait été bien vêtue soucieuse de prendre la terre entière à témoin de son malheur, un grand black qui cherchait à la faire taire.

« - Bienvenue au club ! »

Cela s'adressait à lui. La voix lui était familière. C'était celle de cet ami qui était venu lui rendre visite quelques jours auparavant.

« - Tu vas où ?

--Sais pas. Et toi ?

- Sais pas non plus. Mais un conseil : si tu dors ici, tu risques de ne pas retrouver tes affaires, au moins celles qui pourraient t'être utiles. Maintenant, c'est chacun pour soi. »

L'humanité, telle qu'il la connaissait, ou qu'il se l'imaginait, avait cessé d'exister.

3 – L'exploration

Ils étaient devenus complices. Leur rencontre avait été tout à fait fortuite et n'avait pas bien commencé. Alors que le vieux avait entrepris d'explorer une ferme abandonnée à quelques kilomètres de son refuge, il avait surgi de l'arrière de la maison, rugissant et le poil dressé. Mieux valait ne pas insister et le voleur présumé commença à s'éloigner prudemment. Mais le gros chien à poil fauve continuait d'aboyer et le suivait à distance. Il se retourna pour lui suggérer de se calmer. Le chien se tut mais persista à le suivre. Arrivé au refuge, il puisa un seau d'eau au puits et le lui proposa. Le chien but avidement. Il lui proposa aussi les restes d'un rat qu'il avait accommodé avec des pommes de terre et des oignons. Le chien en fit son affaire. Depuis, ils ne se quittaient plus. Il l'avait appelé Phoebus. Phoebus l'aidait à chasser, il montait la garde au refuge et il chassait les renards qui venaient roder du côté du poulailler.

Depuis son arrivée, il s'était organisé aussi bien que le permettaient les circonstances. Son potager s'était enrichi d'ignames, de navets, d'oignons et de plans de tomates, qui rendaient bien. Il s'était construit un poulailler au moyen de vieilles palettes qu'il avait découvert parmi le tas de ferrailles qui jouxtait le refuge. Les poules provenaient d'une ferme abandonnée des environs. Il avait appris à poser des pièges, qui lui permettaient d'enrichir son ordinaire de rats, d'agoutis et de différentes sortes de petits rongeurs. La visite de maisons abandonnées lui avait permis de se procurer beaucoup de choses à peu près indispensables mais qui lui manquaient. Sauf des allumettes. Il s'était même constitué une bibliothèque et il aimait s'attarder le soir sur son seuil à relire *L'Odyssée*. Bref, il avait survécu. Phoebus aussi. De temps en temps, ils allaient rendre visite à leurs voisins d'en bas.

Cela ne veut pas dire qu'il était heureux, ni même satisfait. Il y avait d'abord ce pincement au côté quand il pensait à elle. Où était-elle ? Etait-elle seulement vivante ? Et puis l'envie de savoir. Quelle était l'étendue du désastre ? S'étendait-il au monde entier ? Qu'est-ce qui l'avait déclenché ? Dans quelle proportion l'humanité avait-elle survécu ? Existait-il des lieux où le monde d'avant s'était maintenu ? De nouveaux foyers de civilisation s'étaient-ils constitués ? Il s'aperçut qu'il en savait très peu sur ce qui s'était produit et sur l'état actuel de la situation. Toutes sortes d'hypothèses se bousculaient dans sa tête. Peut-être, se disait-il, verrait-il surgir un beau jour un hélicoptère de la sécurité civile qui viendrait le prendre pour l'emmener dans un hôpital où il serait pris en charge. Peu probable. Mais il lui fallait savoir.

Et donc, il lui semblait de plus en plus évident qu'il devait repartir, laisser là le refuge, qui n'aurait été pour lui qu'une étape. Il demanda son avis à Phoebus mais celui-ci n'en avait pas : il ferait ce que lui, il déciderait. Et donc, il descendit chez ses voisins d'en bas. Eux aussi s'étaient installés. Ils n'avaient plus d'essence pour le tracteur ; par contre, ils avaient trouvé une source, au milieu des vestiges de ce qui avait été probablement une scierie ; ils l'avaient captée et en acheminaient l'eau par une canalisation faite de descentes de gouttières en zinc ; comme elle se trouvait en contrebas du moulin, ils avaient construit une noria actionnée par la rivière qui en remontait l'eau, ce qui, au-delà de leurs besoins, permettait d'irriguer le jardin potager.

« - On te comprend. Nous, c'est différent. On est installés. Et il y a les enfants. Fais attention aux bandes de rodeurs, ils sont vraiment dangereux. Surtout, évite d'aller à l'ouest, c'est de là que viennent les gens qui perdent leurs cheveux et qui finissent par mourir. La région est probablement contaminée. Si tu vas vers le sud, d'après ce qu'on sait, tu finiras par tomber sur une grande rivière, le long de laquelle tu trouveras plusieurs villes abandonnées. Tout ça, c'est ce qu'on nous a dit.

- Et méfie-toi des scorpions. Il y a aussi des fourmis géantes et d'énormes frelons, ajouta Amanda, on en trouve de plus en plus.

- Si tu peux, reviens nous dire, tu seras toujours le bienvenu. »

oOo

Il se sentait maintenant assez aguerri pour aller de l'avant. Revenu au refuge, dès le lendemain matin, il s'équipa, fourra dans un sac à dos ce qui lui paraissait utile, prit de la nourriture pour trois jours, ferma soigneusement la porte de la caravane et se mit en chemin. Phoebus le précédait en trottant. Son idée était de regagner la route. Dans le monde d'avant, c'eut été facile. Mais les herbes avaient poussé, faisant disparaître les chemins ; il fallait écarter les ronces ; des essences qu'il ne connaissait pas s'étaient installées ; il se retrouvait en pleine forêt vierge, avec le sentiment de ne pas avancer. Le coupe-coupe qu'il s'était fabriqué avec une lame de ressort lui fut très utile.

Parvenu à la route, il prit sur la gauche par rapport au soleil couchant. L'asphalte s'était disloqué en de nombreux endroits et laissait percer de la végétation. Une inscription à la craie attira son attention ; il ne la comprit pas : c'était de l'arabe. Curieux. Il la retrouva à l'identique deux ou trois kilomètres plus loin. Toujours personne. En attendant, il fallait faire étape. Un village se présentait, groupé autour de ce qui avait été son église. Il espérait bien y dénicher une épicerie où il trouverait quelques boîtes de conserve. Cette fois, il s'était muni d'un ouvre-boîte.

Malheureusement, on était passé avant lui. Et non seulement on était passé avant lui, mais les lieux étaient occupés.

« - Toi, là bas, fous le camp.

- Oui, mais auriez-vous…

- Fous le camp, je t'ai dit, sinon je tire. »

Claquement de culasse. Phoebus grognait. Mieux valait ne pas insister. Ils avaient de quoi manger. Le plus difficile serait probablement de trouver à boire. S'ils rencontraient un cours d'eau, il serait peut-être pollué. Le mieux était d'essayer de trouver un puits. Mais il ne serait probablement pas le seul à avoir eu cette idée. Il visita une première ferme. Pas de puits. Dans le monde d'avant, elle avait l'eau courante. Seconde ferme, un peu plus loin. Celle-là avait un puits, mais il n'avait rien pour y puiser. Troisième bâtisse, un peu plus loin. Il s'y trouvait, à l'angle de ce qui avait été une grange, une gouttière qui alimentait un fut à demi rouillé. Il y puisa. Ce serait bon pour ce soir. Ce fut aussi l'avis de Phoebus.

Le lendemain, ils reprenaient la route. Toujours, à intervalles réguliers, les inscriptions à la craie. En arabe. La route, ou ce qui en restait, serpentait à travers des collines où champs cultivés et prairies s'étaient couverts de broussailles. A l'approche de l'une d'entre elles, Phoebus tomba en arrêt et se mit à aboyer. Au loin, un troupeau de vaches. Cheminant derrière les vaches, une douzaine d'individus à l'aspect étrange. Grands et minces, vêtus d'une sorte de longue tunique, certains d'entre eux s'appuyant sur une longue perche. Surprise totale : des blacks. Venus probablement du Sahel. Réfugiés victimes des guerres et de la désertification. Et qui avaient probablement reconstitué leur mode de vie.

Quelques uns d'entre eux s'étaient arrêtés et le regardaient. Il s'approcha avec prudence. Phoebus aussi. L'un des blacks lui fit un signe encourageant. Probablement des Peuls, se dit-il. Leur pratique du français était limitée. Par signes, ils l'invitèrent à les suivre. Un campement, comme on pouvait probablement en trouver dans le Sahel, au moins autrefois. Des femmes en boubou, des enfants pieds nus qui couraient en criant, de grandes tentes faites de longues bandes de coton, deux ou trois feux de bois couvant sur des pierres, quelques ustensiles de cuisine.

On le conduisit devant le chef, qui était assis sur ses talons devant sa tente. Un homme âgé. Qui éclata de rire en le voyant.

« - La roue tourne, s'amusa-t-il. Nous étions des réfugiés misérables. Nous essayions de venir dans les pays riches, d'où l'on nous chassait sans ménagement et où l'on nous réservait les tâches les plus ingrates. Moi qui te parle, je suis docteur en physique et je n'avais rien trouvé de mieux qu'un boulot de balayeur des rues. Et puis il y a eu la catastrophe que tu sais. Et alors tout a changé. Vous les blancs, vous avez perdu tout votre pouvoir, tout ce qui faisait votre richesse. Vous vous êtes retrouvés à fuir, sans rien, vous avez tout perdu. Cette situation, nous, on la connaissait, sauf qu'on n'avait pas tous vos besoins de luxe, à vous les blancs. Vous, après avoir fui vos mégapoles, vous ne saviez plus rien faire ; il vous fallait tout réapprendre, redécouvrir la nature, et beaucoup d'entre vous n'y sont pas arrivés. Nous, on s'est vite adaptés. Ici, nous sommes maintenant chez nous. Bienvenue.

- Merci, et toutes mes félicitations, dit-il, effectivement la roue tourne. »

Dans un bol, on lui servit du lait. Il y avait si longtemps qu'il n'avait pas bu de lait. Il le savourait. Remercia encore. Puis il entreprit d'expliquer d'où il venait, pourquoi il avait quitté son refuge. Un cercle s'était formé : des hommes, mais aussi des femmes, des enfants. L'un des hommes traduisait.

« - La catastrophe, reprit le chef, il y a plusieurs hypothèses. Un accident nucléaire majeur suivi d'une réaction en chaîne, une tornade solaire qui aurait projeté du plasma chaud vers la terre, perturbé les réseaux hertziens et les systèmes électriques, les conséquences de l'impact d'un astéroïde, une éruption volcanique géante, que sais-je encore. Mais il y a plus fondamental.

- Quoi donc ?

- Votre stupidité, votre égoïsme monstrueux, votre incapacité à comprendre les fondamentaux de l'existence. »

Il n'y avait rien à répondre.

« - Tu vas passer la nuit ici, reprit le chef. Repose-toi. Observe bien comment nous vivons, ça pourra t'être utile. Et tu repartiras demain. On te donnera du fromage et un peu de viande séchée pour la route. »

Il disparut sous sa tente.

oOo

Le lendemain matin, le chef ne reparut pas. Il fallait partir. Après avoir prié l'un de ses hôtes de le remercier et rangé dans son sac les victuailles qui lui avaient été offertes, le vieux se remit en route d'un pas léger. Phoebus, après s'être abondamment rempli le ventre de carcasses de bœuf, semblait s'éloigner du campement avec regret. Sur la route, de nouveau les inscriptions à la craie. A une dizaine de kilomètres, au-delà d'une colline, il découvrit alors un ensemble de bâtiments qui ressemblaient à une ferme fortifiée, enceinte de douves et entourée de peupliers. Il s'approcha. Ce fut pour découvrir que, sur chacune des tours, flottait un étendard vert. Les inscriptions en arabe trouvaient leur explication.

Il s'approcha avec prudence, suivi par Phoebus, qui ne semblait manifester aucun enthousiasme. On accédait à l'entrée par un pont de pierre. Un barbu peu avenant, vêtu d'une longue chemise noire sur un pantalon bouffant, surgit de l'ombre, porteur de ce qui ressemblait à une kalachnikov.

« - Halte-là ! Qui êtes-vous ?

- Des voyageurs. Auriez-vous de l'eau à nous offrir ?

- Etes-vous musulman ? »

La réponse était négative. L'homme à la kalachnikov avait été rejoint par un autre personnage, lui aussi vêtu de noir.

« - Attendez ici. Nous allons demander à Cheik Mohammad. »

Ils durent s'installer en contrebas du pont, où ils trouvèrent un peu d'ombre, en attendant d'avoir une réponse. Une réponse qui se faisait attendre. Comme il semblait s'impatienter, le barbu rigola :

« - Tu ne te souviens pas, les deux heures d'attente debout en file indienne devant le commissariat pour le renouvellement des papiers ? Chacun son tour. »

- Si j'ai bien compris, je suis dans une communauté musulmane ?

- Le Cheik t'expliquera, s'il consent à te recevoir. »

Des hommes entraient et sortaient. Certains d'entre ceux qui entraient étaient porteurs d'un chargement. Parfois il s'agissait d'un sac, lourdement rempli. Parfois, il s'agissait d'objets plus hétéroclites : un matelas, des tuyauteries, des chaises, un tapis. L'un d'entre eux pliait sous le poids d'un sac de ciment. Tous se faisaient enregistrer à l'entrée. L'homme à la kalach notait sur un registre la nature du chargement et le nom du porteur. L'arrivant se dirigeait ensuite vers un bâtiment qui semblait servir d'entrepôt puis, allégé de son fardeau, vers ce qui paraissait être un lieu d'accueil ou d'hébergement.

Vint l'heure de la prière. « Toi, n'en profite pas pour te tailler », lui cria son gardien. Le temps passait. L'ombre avait changé de direction. Phoebus dormait, digérant son festin du matin. Le vieux sortit un livre de son sac : *L'Odyssée*, un récit adapté aux circonstances. Ulysse, lui aussi, se demandait quelles aventures l'attendaient, quels obstacles il devrait surmonter avant de pouvoir revenir à la maison. Sauf qu'il n'y avait plus de maison. De nouveau ce pincement du côté gauche. Les ombres s'allongeaient déjà quand on vint le chercher.

« - Le Cheik t'attend. Mais le chien n'entre pas. »

Il lui fallut laisser Phoebus, qui pleurnichait, après avoir tenté de le rassurer. Il reviendrait. Et suivre l'un des hommes en noir, qui le fit pénétrer dans le bâtiment principal où, là, il dut se déchausser avant d'être introduit dans une sorte d'antichambre, ornée de calligraphies arabes et meublée de quelques coussins. De nouveau l'attente. Enfin la porte s'ouvrit sur un homme élégamment vêtu d'une djellaba traditionnelle. La cinquantaine.

« - Bienvenue à Dar al Islam.

- Merci. »

Il déclina son nom, indiqua d'où il venait, expliqua les causes de sa présence. L'autre écoutait, impassible. Puis il prit la parole.

« - Je ne sais pas exactement ce qu'il y a au-delà de la petite région que nous contrôlons. Probablement le chaos. C'est du moins ce que nous ont dit quelques voyageurs qui en venaient et qui étaient bien contents d'avoir trouvé ici un lieu de civilisation conforme aux préceptes de l'Islam. Vois-tu, le monde a changé. Vous, les mécréants, vous vous croyiez supérieurs à tout. Vous prétendiez diriger le monde. Vous traitiez avec mépris les croyants et notre sainte religion. Vous avez cru pouvoir prendre la place de Dieu, le très Grand, le très Compatissant, et voilà où ça vous a mené. La catastrophe. Je n'ai pas été étonné. Et vous, qui faites partie des mécréants, je devrais vous trancher la gorge pour tout ce que vous avez fait, vous et vos semblables.

- Je comprends bien tout ce que vous me dites. Je me permets seulement de vous rappeler que le Coran dit bien, dans la sourate de la Vache, que les Chrétiens et les Juifs qui pratiquent leur religion, qui cherchent à faire le bien tout en respectant l'Islam n'ont rien à craindre. Et le Coran dit aussi, de celui qui assassine un innocent, que c'est l'humanité toute entière qu'il assassine. »

Le cheik marqua son étonnement. Le vieux poursuivit :

« - Moi non plus je ne suis pas étonné. Quelle que soit la cause de la catastrophe, elle se préparait depuis longtemps. Les dirigeants des pays qui se qualifiaient de développés laissaient faire les puissances financières, qui étaient seulement soucieuses d'accroître leur richesse, donc leur pouvoir. Elles subventionnaient la recherche scientifique et technologique afin de trouver de nouveaux produits, toujours plus performants, toujours plus séduisants, à proposer à ceux qui en avaient les moyens. Les conséquences, pour ceux qui n'en avaient pas la possibilité et pour les équilibres environnementaux, ce n'était pas leur problème. C'était le pillage généralisé, rendu possible par l'impuissance des pouvoirs politiques. »

Eclat de rire du cheik, qui reprit la parole :

« - Et c'est vous qui nous accusiez de pratiquer la razzia ! En réalité, c'est vous qui êtes à l'origine de la plus grande des razzias. Razzia sur les matières premières, razzia sur les hommes, aussi. L'esclavage, c'est vous qui l'avez développé à grande échelle. Pillage des richesses. Souvenez-vous du trésor du Bey d'Alger, de la guerre qui lui a été faite sous un prétexte futile et le transfert des caisses d'or, en 1830, qui allaient permettre le financement des forges du Creusot. Regardons plus loin : le pillage de cette région du monde que vous qualifiez d'Amérique latine, le génocide des Indiens d'Amérique du nord par les immigrants venus d'Europe, l'exploitation forcée de l'Afrique, de l'Inde, de la Chine. Quels sont les lieux sur terre que vous vous soyez abstenus de piller ? Je n'en vois pas. Le Japon, peut-être, et encore. Sous prétexte de développement, vous avez saccagé la planète.

- Je ne peux pas dire que vous ayez tort. Mais, si vous permettez, je compléterai votre description. Moi qui vous parle, je ne me souviens pas avoir pillé quoi que ce soit, du moins avant la catastrophe, et j'ai bien des fois dénoncés, y compris publiquement, ce que vous condamnez à juste titre. Ce n'est pas parce que l'occident a multiplié les crimes contre l'humanité que chacun des occidentaux doit être considéré comme personnellement coupable. Beaucoup, tout simplement, ne s'en rendaient pas compte. Ils étaient prisonniers du système, de leurs habitudes. Il y avait beaucoup d'égoïsme, je suis d'accord, mais également beaucoup de conformisme. S'y opposer n'allait pas de soi. Il fallait en avoir les moyens, et notamment les moyens intellectuels. Il y avait ceux qui profitaient du système ou qui espéraient en profiter, ceux qui laissaient faire, ceux qui s'inquiétaient et quelques uns qui s'opposaient, au moins par la pensée, à défaut de pouvoir s'imposer.

- Je vous crois, et c'est pourquoi je vous ferai grâce. J'irai même plus loin. J'aimerais que vous restiez à Dar al Islam quelque temps et que vous écriviez ce que vous venez de dire. C'est important pour nous parce que nous savons que nous ne pourrons pas construire, sur la seule opposition à ce que nous condamnons à juste titre, une civilisation conforme à ce que le Prophète, qu'il soit glorifié, nous a révélé. Ce serait faire le jeu de certains de nos frères qui ont malheureusement basculé dans la violence d'une façon qui se comprend mais que nous jugeons complètement stérile. Nous vous fournirons du papier et de quoi écrire. Nous nous reverrons. Et je vais demander qu'on s'occupe de vous. »

oOo

Ils furent, le maître et le chien, installés dans un ancien pigeonnier aux murs garnis d'alvéoles et dont la fenêtre s'ouvrait sur la douve et, au-delà, sur les collines. Deux fois par jour, une femme voilée, peu causante, leur apportait leur repas et un broc d'eau. Ils pouvaient se promener à leur guise, mais il leur avait

été interdit de s'approcher du logis du cheik ni de la mosquée, qui avait été aménagée dans une ancienne remise. Il y avait longtemps qu'il n'avait écrit et, après quelque hésitation de la main, il le fit avec plaisir, s'attachant à être à la fois lisible et pédagogique.
Quelques jours plus tard, quand il estima avoir fini son travail, il demanda à pouvoir le remettre au cheik. Celui-ci le fit appeler le lendemain après la prière.

« - J'ai encore une question à vous poser, dit-il. Comment se fait-il que les élites occidentales, qui ne voyaient que leurs intérêts mais qui n'étaient pas composées que d'imbéciles, ne se soient pas efforcés, dès lors qu'elle était prévisible, d'éviter la catastrophe ?

- Question difficile. Il faut bien voir que les élites politiques, celles qui gouvernaient les Etats, étaient en grande partie manipulées par les puissances économiques, qui détenaient de plus en plus le véritable pouvoir. C'était vrai notamment des Etats Unis, qui prétendaient imposer leur volonté au reste du monde. Or, les puissances économiques tendaient à faire prévaloir leur intérêt à court terme sur l'intérêt supérieur que représentait la survie de la civilisation dont ils étaient eux-mêmes issus. Ce n'était pas leur problème. Le problème des gestionnaires de fonds d'investissement, de leur côté, c'était d'en assurer la rentabilité maximale ; le problème des dirigeants de grandes entreprises, c'était de satisfaire les gestionnaires de fonds ; le problème de leurs collaborateurs, c'était d'atteindre les objectifs qui leur étaient fixés dans cette perspective. Et ainsi de suite. Il n'était pas facile d'échapper à cet engrenage. A cela s'ajoutait beaucoup de lâcheté, beaucoup d'aveuglement, et aussi, venant de certains, le sentiment que puisque les jeux étaient faits, il fallait jouir au mieux de l'instant présent.

- Une sorte de suicide collectif…

- Exactement, un suicide collectif.

- Merci. Et maintenant, que comptez-vous faire ?

- Comme Hérodote, essayer de voir de quoi le monde d'aujourd'hui est fait afin de mieux le comprendre.

- Cela me plaît. Quand vous aurez terminé, revenez ici, vous serez le bienvenu. Que Dieu, le très Haut et le très Compatissant, vous assiste. Il sait reconnaître ceux qui suivent une ligne droite, même quand ils ne sont pas musulmans.

Et donc, le lendemain, il quitta Dar al Islam, suivi de Phoebus. Un homme en noir, armé, les accompagna jusqu'à la grand route et lui recommanda de prendre sur sa gauche.

oOo

Contrairement à la route de campagne qu'il suivait jusqu'ici, il n'était pas seul à y cheminer. En deux heures de marche, il rencontra successivement plusieurs piétons, dont l'un portait plusieurs sacs de légumes, une colonne d'une dizaine d'hommes pliés sous le poids de lourdes charges, qu'accompagnait un homme peu avenant armé d'un bâton, une carriole tirée par un âne et qui transportait des madriers. A l'évidence, ce n'était plus la débâcle qu'il avait connu il y avait quelques mois ; cela ressemblait davantage à une vie normale, adaptée au contexte qui avait suivi la catastrophe. Il se demanda jusqu'à quel point elle s'était développée. Le campement peul et la medersa musulmane étaient-elle des exceptions ou son chemin le conduirait-il vers d'autres formes d'organisation sociale ?

« - J'espère que vous avez de la nourriture sur vous », lui jeta un piéton qui cheminait en sens inverse. Et c'est ainsi qu'il parvint en haut d'une côte en bas de laquelle coulait une large rivière, qui s'étalait de l'autre côté dans des prairies inondées, probablement infestées de crocodiles. Sur la rivière, un pont. Sur le côté droit, ce qui restait d'une bourgade qui semblait avoir été prospère et sur laquelle la nature reprenait progressivement ses droits.

« - Hé vous, là, faut payer !

- Quoi ?

- Payer pour traverser. »

Deux hommes barraient l'accès du pont, l'un armé d'un fusil d'assaut, l'autre d'un long couteau de boucher accroché à sa ceinture.

« - Oui, mais de quel droit ?

- Du droit qui a été décrété par le chef. »

Ils ne rigolaient pas.

- oui, mais avec quoi vous voulez que je vous paye ? Vous acceptez les cartes de crédit ?

- C'est deux jours de nourriture, plus un pour le chien. Sinon, tu dégages.

- Vous faites une facture ? »

Ils se regardèrent en essayant de prendre un air intelligent.

« - Allez, on l'emmène !

- Oui, on l'emmène. »

Cela tournait vinaigre. Il fut saisi, délesté de son sac, les mains liées derrière le dos. Phoebus tenta de protester mais fut ramené à la raison par la menace d'une volée de coups de bâton. Il fallut marcher vers la petite ville, recevant des coups de crosses dans le dos. Autrement dit, il était victime de bandits de grand chemin. Arrivés en ville, il fallut ensuite monter une côte qui menait à une sorte de maison forte. Un homme, aussi avenant que les deux premiers, montait la garde à l'entrée. Dans la cour, des hommes et quelques femmes semblaient s'appliquer avec discipline à diverses occupations domestiques. Il n'eut pas le temps de voir lesquelles. Il fut jeté, avec Phoebus, dans une sorte de cellier. La porte se referma avec fracas. Ils se trouvaient seuls dans l'obscurité.

« - Bienvenue au club. »

La voix provenait du coin le plus sombre du réduit.

« - C'est quoi, le club ?

- Tu comprendras vite. Toi aussi, ils t'ont pris au pont ? C'est là qu'ils les prennent tous.

- Et toi, qu'est ce que tu fais, ici ?

- J'étais cuisinier. Un bon boulot, ici. Mais ils m'ont accusé d'avoir piqué un morceau dans un rôti de chevreuil qui était destiné au Maître. C'était vrai, d'ailleurs. Je voulais le négocier contre une nouvelle paire de pompes. T'as vu dans quel état elles sont ? J'en ai pris pour un mois. J'en ai encore pour huit jours. C'est que ça ne rigole pas, ici.

- Qui c'est, le Maître ?

- C'est le chef. Après lui, il y a les coordinateurs, et puis les conseillers, et nous, on nous appelle les associés. Les coordinateurs, ils donnent les ordres pour les travaux à faire, ils surveillent et ensuite, ils rendent compte au Maître. Les conseillers, ils vérifient qu'on bosse, et nous, on bosse. On a une quantité de travail à faire et si on ne le fait pas, on morfle. T'as vu les conseillers ? C'est eux qui t'on choppé, au pont. Ils n'hésitent pas à taper. Et si c'est plus grave, on te met au trou. C'est pour ça que je suis là. Tu vois ?

- Je vois assez bien. Et ça fait longtemps que tu es associé ici ?

- Six mois. J'ai commencé à la gégène, comme tout le monde, et puis je suis devenu cuisinier. »

En attendant, il commençait à avoir faim. Et soif. Phoebus aussi.

« - Ils vont nous donner à manger ?

- Oui bien sûr, sur une table avec une nappe blanche et des couverts en argent. »

Le cuistot éclata de rire. Il fallut donc attendre le lendemain. La nuit tombait. L'autre s'était endormi, n'ayant sans doute rien de mieux à faire. Et c'est alors qu'il vit quelque chose d'incroyable. Par l'étroite fenêtre, ou plutôt le soupirail, qui donnait sur la cour, une lumière électrique, un peu vacillante. Cela amena dans sa tête une foule d'hypothèses. Avait-on remédié à la panne générale ? Celle-ci avait-elle épargné certaines régions ? Ou bien avait-on réussi à mettre en route des générateurs ? Mais alors comment fonctionnaient-ils, compte tenu de l'absence de carburant ? Il aurait bien réveillé son co-détenu pour avoir la réponse, mais celui-ci dormait profondément et mieux valait ne pas le déranger ni paraître trop curieux. Phoebus aussi dormait, faute d'avoir dîné, roulé sur lui-même, attendant sans doute des temps meilleurs. Mais lui-même n'y parvint pas, trop intrigué par ce qu'il découvrait. Ce que l'autre lui avait dit de l'organisation de ce nid de brigands le faisait réfléchir : un chef, les conseillers, les gardiens, et enfin, ceux qui travaillaient. C'était une belle organisation.

oOo

Au petit matin leur fut apportée une écuelle de patates, que Phoebus et lui se partagèrent. Le cuistot dormait toujours. Puis un conseiller, reconnaissable au gourdin qu'il portait au côté, entra et l'interpella :

« - Toi, viens. Et d'abord, on passe au chenil.

- Pourquoi ?

- Pour laisser le chien, pardi. Il pourra être utile. Et là où tu vas, tu n'en auras pas besoin. »

Il n'y avait pas à répliquer. Le chenil était un enclos grillagé où semblaient se morfondre deux ou trois bâtards. Phoebus les toisa de haut, avant d'aviser une ravissante épagneule. Quand il comprit qu'on le séparait de son maître, il se mit à geindre. Puis on conduisit celui-ci dans un bâtiment annexe. Il découvrit une salle obscure et basse de plafond, encombrée de plusieurs machines qui évoquaient des vélos d'appartement. Dans un silence total, trois hommes et deux femmes y pédalaient consciencieusement. Un conseiller veillait, assis sur une chaise.

« - C'est votre salle de muscu ?

- Oui, c'est ça. Bon, alors, je vais t'expliquer. Tu vas monter sur le dynamocycle, celui-là, et tu vas pédaler. Chaque équipe travaille pendant six heures, puis une autre prend le relai pendant six heures et la première revient pour de nouveau six heures. Tu suis ? Tu verras, on s'habitue très vite. D'ailleurs, tu as intérêt à t'habituer, sinon… sinon tu verras. Interdit de parler pendant le travail. Tu as droit, par roulement, à deux poses d'un quart d'heure. Sur le compteur, tu dois avoir fait au moins cent cinquante kilomètres, sinon tu ne manges pas. Le reste du temps, tu vas dans la pièce d'à côté. C'est là que tu dors et qu'on te donne à manger et à boire. Question ?

- J'imagine que c'est la centrale électrique ?

- Affirmatif. Maintenant, à toi de jouer. »

Il resta pendant une dizaine de jours dans ce local sordide. Les cyclistes, épuisés par leurs six heures d'efforts, tombaient comme une masse sur le grabat qu'ils partageaient avec l'équipe montante, au point de ne pas avoir la force de goûter à l'ignoble pâtée qu'on leur servait. Il arrivait que l'un d'entre eux ne parvienne pas à se relever. Le conseiller lui administrait alors une volée de coups de bâton. S'il ne se relevait toujours pas, on l'évacuait, Dieu sait pour quelle destination. Le vieux était de constitution solide. Et pourtant, il n'avait même plus la force de s'inquiéter de ce qu'était devenu Phoebus, de la façon dont il pourrait sortir d'ici. Il voyait venir le jour où lui non plus ne pourrait pas se relever.

trentaine d'années, vêtu d'une chemise Lacoste et d'un jeans de bonne coupe, pénétra dans le local, l'air un peu dégouté. Instantanément, le conseiller se leva de sa chaise. Le nouveau venu, sans doute un coordinateur, examina les machines et ceux qui les actionnaient. Il s'arrêta devant le vieux.

« - Il est nouveau, celui-là ?

- Oui, Monsieur.

- D'où viens-tu ? »

Il lui raconta en deux mots son histoire. Et se saisissant de ce qui lui apparut comme une occasion inespérée, il en profita pour ajouter :

« - Votre installation est très bien conçue, mais vous pourriez facilement en améliorer le rendement. »

L'autre s'arrêta, manifestement interloqué.

« - Bien, je t'écoute ; mais je te préviens : si c'est pour me raconter des conneries, ça va chauffer pour toi ».

Dans l'après-midi, alors qu'il tentait de se reposait tout en pensant à ce qui venait de se passer, après avoir absorbé le brouet du jour, un conseiller entra brutalement et l'interpella.

« - Arrive, toi. Le Maître veut te voir. Mais d'abord, tu vas aller te laver. »

On le conduisit dans la grande cour qu'il connaissait déjà et où des gens s'affairaient, devant une auge desservie en eau par un tuyau de zinc. Depuis une dizaine de jours, il n'avait pas eu l'occasion de se décrasser et c'est avec plaisir qu'il se débarbouilla.

« - Et tu as intérêt à dire que tu es bien traité ».

De là, on le fit passer dans une deuxième cour, que gardaient deux conseillers en armes. Et ce fut pour y découvrir une ambiance bien différente. De coquets pavillons. Des pots de pétunias rouges et roses aux fenêtres. Une fontaine avec un petit jet d'eau au centre des graviers bien ratissés. Etait-on subitement revenu dans le monde d'avant ?

Un rire, venu de derrière lui, le sortit de son hébétude. Un homme, assez jeune, les cheveux soigneusement peignés, vêtu d'une chemise de bonne coupe et d'un pantalon de toile beige aux plis bien marqués, qu'accompagnait une jeune femme sexy en robe légère.

« - Etonné ? Nous avons seulement fait de notre mieux pour nous sortir de la catastrophe. Je me présente : Gérard-Antoine Ardouin de la Fosseraye. On m'a parlé de vous. Mais entrez, je vous en prie. »

L'intérieur du logis reproduisait celui de l'une de ces fermettes de vacances qu'affectionnaient les cadres supérieurs dans le monde d'avant. Une charmante soubrette leur proposa des boissons.

« - C'est très astucieux, votre système de cyclogénérateurs.

- Je n'ai aucun mérite parce que, dans mon existence précédente, j'étais à la direction générale de la principale compagnie d'électricité. Nous avons donc la lumière électrique. C'est ce qui nous permet également de bénéficier de l'eau courante. Ici, j'ai eu la chance de pouvoir constituer une équipe motivée et nous avons pu exploiter au mieux les moyens matériels dont nous disposions. Ceci étant dit, si j'ai bien compris ce que vous avez dit à Stéphane ce matin, on pourrait faire encore mieux, et ça m'intéresse. Nous sommes toujours soucieux d'innover, dès lors que cela permet d'améliorer nos résultats. Comme vous le voyez, nous constituons une communauté de travail dont tous les membres sont pleinement engagés.

- Une entreprise libérée, autrement dit.

- Oui, c'est ça ; une entreprise libérée. Bien sûr, il y a encore beaucoup de choses à faire, mais enfin, chacun des associés, ici, fait de son mieux ; il est encouragé par les conseillers et il peut mesurer les progrès que nous avons accomplis pour échapper au chaos ambiant. En particulier, nous avons sécurisé la région, et notamment le pont, où il y avait souvent des bagarres.

« - Je vois. Sinon, je ne serais pas là. »

« - Exactement », poursuivit le Maître, après avoir goutté au jus de fruit qui leur avait été présenté par la soubrette.

« - Bien. Maintenant, dites-moi ce que vous proposez.

- Mettre en place un système d'intéressement afin de motiver encore davantage vos dynamocyclistes : un supplément de nourriture quand ils dépassent leur objectif. »

Et il développa ce qui permettrait, selon lui, d'améliorer la production d'électricité sans aucun investissement supplémentaire, ce qui en ferait une affaire avantageuse, avec un fort potentiel de développement. On pourrait mettre également en place un challenge motivant, avec la désignation du dynamocycliste du mois et l'attribution d'une dose de nourriture supplémentaire.

« - Très bonne idée. Nous allons y réfléchir. »

Il parut se concentrer.

« - Maintenant, autre chose. Je vois que vous avez bien compris notre mode de fonctionnement et que vous êtes prêt à contribuer à son perfectionnement. Il se trouve que nous envisageons d'étendre nos activités avec la création d'un autre centre de production. Une filiale, en quelque sorte. Nous avons repéré, à une quinzaine de kilomètres d'ici, un ancien château qui pourrait convenir. Il nous faudra, comme nous l'avons fait ici, repartir à zéro. C'est Stéphane, que vous connaissez, qui est chargé du projet. Il est prévu qu'il parte avec une dizaine de conseillers et une vingtaine d'associés. Nous aimerions que vous vous y joigniez en tant qu'ingénieur méthodes. »

La faiblesse où il se trouvait ne l'empêcha pas de voir là l'opportunité qui se présentait. Il retrouva immédiatement les réflexes qui permettaient à chacun de vivre dans le monde d'avant.

« - Ce sera avec plaisir. Je serai très heureux de pouvoir contribuer à l'action que vous menez avec votre souci d'efficacité et l'esprit humaniste que je sens vous animer.

- Très bien. D'ici le départ, qui est prévu dans quelques jours, vous allez bien entendu rester parmi nous, dans ce que nous appelons le siège. On vous trouvera une chambre et vous prendrez vos repas avec les coordinateurs. »

oOo

Il passa quelques jours très agréables. On l'avait installé dans une petite chambre bien décorée, avec une salle de bains équipée d'une douche. Il prenait ses repas avec les coordinateurs, dont certains étaient accompagnés d'exquises créatures féminines. On leur servait des ragoûts de chevreuil ou de sanglier accompagnés de légumes du jardin et il se refit une santé. Les conversations, il est vrai, n'étaient guère variées : elles portaient surtout sur l'exploitation du domaine, les difficultés rencontrées, la mauvaise volonté de certains associés, la nécessité de faire respecter les règles qui s'imposaient d'elles-mêmes, les sanctions à imposer quand il le fallait, le laxisme de certains conseillers, la nécessité de concevoir de nouveaux cyclogénérateurs pour la nouvelle implantation.

On se mit en route un beau matin. Le vieux avait fait valoir la nécessité de se faire accompagner de son chien, qui se révélerait certainement d'une aide appréciable en cas de mauvaises rencontres. Phoebus, qui n'était pas au mieux de sa forme, lui fit la fête en le retrouvant, paraissant toutefois regretter de laisser derrière lui la belle épagneule. Le fameux pont fut traversé. Marchaient en tête quelques conseillers armés de fusils d'assaut et de longs couteaux, qui donnaient le rythme de la marche, assez soutenu. Suivaient les associés, sur deux colonnes, lourdement chargés de fardeaux divers et variés, les pieds entravés et attachés les uns aux autres, quelques conseillers munis de gourdins joutant le rôle de serre file. Venaient enfin Stéphane, le coordinateur chargé du projet, accompagné du vieux, de Phoebus et de trois ou quatre conseillers qui étaient chargés d'encourager ceux des associés qui auraient eu des velléité de traîner du pied.

La colonne fit route tout le jour. Le soir venu, on fit halte dans ce qui avait été une prairie. Les associés purent se reposer et de la bouillie leur fut distribuée. Leurs accompagnateurs se partagèrent quelques viandes rôties puis installèrent des matelas en mousse. Le silence se fit. Le conseiller de veille s'était lui-même assoupi. C'était le moment. Le vieux, accompagné de Phoebus qu'il avait bâillonné afin de l'empêcher de donner l'alerte, se glissa hors du camp, non sans emporter avec lui ce qui restait de viandes rôties ainsi qu'un couteau de boucher qui pourrait leur être utile.

4 - Le monde d'avant

Des nuées de moustiques voltigeaient dans l'air moite. Il n'était vraiment plus possible de rester assis sur le bord de la piscine. Le vieux se décida à rentrer dans son intérieur climatisé. Par rapport à ce qu'il avait connu, le climat avait vraiment changé. De longues périodes de sécheresse succédaient à de violents orages, accompagnés de grêles qui lacéraient les vignes, désespérant les vignerons. Les vendanges, quand il y en avait, devaient être organisées de plus en plus tôt dans l'année. Des espèces végétales et animales inconnues ou venues du sud colonisaient la nature. Les oliviers et les chênes verts avaient émigré jusqu'au nord de la Loire. On rencontrait des perruches jusqu'en Picardie. Ce qu'on appelait la mondialisation avait eu pour effet d'introduire des serpents, des scorpions ou des frelons que l'on ne connaissait pas. On parlait même de la présence de crocodiles dans la Loire. Les nouveaux venus chassaient les espèces indigènes, dont certaines avaient à peu près disparu. Des maladies tropicales mal identifiées laissaient perplexes les médecins.

« - On se demande où cela nous conduit », soupira le vieux. En réalité, il ne le savait que trop bien. Venues du monde entier, les mauvaises nouvelles s'accumulaient. Les derniers glaciers de l'Himalaya achevaient de fondre. Sur les pôles, la banquise avait quasiment disparue. Certaines îles du Pacifique avaient été submergées et il avait fallu installer ailleurs leurs populations, qui n'avaient pas toujours été bien reçues, là du moins où les autorités avaient bien voulu les accueillir. Autour de villes entières, il avait fallu construire des digues afin de les préserver de la montée des eaux, devenues fortement acides. Certaines cités, comme Bangkok et la Nouvelle Orléans, avaient disparu. New York était gravement menacée. La Floride était devenue un immonde cloaque. D'énormes tsunamis dévastaient régulièrement les îles du Pacifique, du moins celles qui n'avaient pas encore été englouties. Les typhons se multipliaient sur les côtes de l'Atlantique. Le *Gulf Stream* n'était plus qu'un vieux souvenir. L'eau douce manquait de plus en plus, par suite de l'assèchement des nappes phréatiques et de la pollution des cours d'eau, provoquant de violents conflits entre les populations riveraines. Les forêts disparaissaient mais les terres arables aussi, victimes des engrais qui y avaient été déversés pendant des décennies et de leur transformation en zones industrielles ou pavillonnaires. Dans les campagnes, les oiseaux s'étaient tus. De nombreuses espèces animales avaient disparu, ou ne subsistaient plus que dans quelques zoos. Il fallait expliquer aux enfants ce qu'avaient été les éléphants ou les ours blancs.

Ceux qui en avaient les moyens s'étaient organisés. Ils vivaient dans des habitations confortables, bien climatisées, et ils n'en sortaient guère. Tout ce qui était nécessaire à la vie quotidienne leur était livré après avoir été commandé sur Internet, y compris des repas tout préparés, ce qui déchargeait les riches de tâches ennuyeuses. Des robots nettoyaient silencieusement la maison, tondaient la pelouse, prévenaient de la nécessité de remettre du sel dans l'adoucisseur d'eau. Beaucoup, connectés par Internet avec le monde entier et prévenus automatiquement de ce qui pouvait les intéresser, travaillaient de chez eux, ne se rendant au bureau que lorsque c'était absolument nécessaire. Une voiture dite autonome venait alors les prendre pour les y conduire. Sans regarder alentour, ils s'engouffraient vite dans un grand immeuble de verre et d'acier pour n'y rester que le temps nécessaire à quelques rendez-vous ou quelques réunions indispensables.

La vie était belle. Certains ne se rendaient absolument pas compte de ce qu'ils dansaient sur un volcan. Les nouvelles sélectionnées à leur intention par les moteurs de recherche sur Internet les rassuraient. Ils vivaient dans une sorte de bulle, se fiant à leurs habitudes, qu'ils avaient élevé à la hauteur de convictions. Et d'ailleurs, qu'auraient-ils pu faire ? Quelques uns s'inquiétaient, mais faisaient confiance aux merveilles de la technique pour trouver à la situation une issue qui ne pouvait qu'aller dans le sens du progrès, donc dans le bon sens, et d'ailleurs le seul concevable. Les propos rassurants des hommes politiques, ceux du moins qui étaient au pouvoir, les rassuraient. Les plus cyniques se disaient que puisque tout ceci devait avoir une fin, il fallait au moins jouir du temps présent, et ils ne s'en privaient pas, autant du moins que le leur permettaient leurs moyens.

Ceux-là dont c'était le métier imaginaient des solutions d'avenir. Les progrès de l'intelligence artificielle seraient le moyen d'optimiser les dispositifs permettant des économies d'énergie et de moindres dégagements de CO_2. On avait commencé d'équiper les moteurs de logiciels permettant de réduire sensiblement les émanations polluantes. Les énergies renouvelables se développaient régulièrement. Certaines municipalités s'étaient données des normes exigeantes en matière de pollution atmosphérique. Les règles à respecter par les industriels devenaient de plus en plus draconiennes, suscitant la colère de nombre d'entre eux ainsi qu'une intense action de lobbying afin d'obtenir leur abolition, ou tout au moins qu'elles ne soient pas encore renforcées au point de menacer leur activité. Les hommes politiques célébraient les progrès réalisés, quand il s'en trouvait et qu'ils pouvaient les mettre à l'actif de leur action. Les penseurs et les scientifiques les plus ingénieux imaginaient des solutions radicales : ensemencer la stratosphère, par exemple, de fines particules de cuivre qui permettraient de limiter le rayonnement solaire, et donc le réchauffement climatique. Le ciel prendrait une couleur verte, mais de n'était pas bien important au regard des enjeux.

Cet optimisme technologique se heurtait, bien entendu, à des problèmes dont les experts limitaient l'importance, d'autant plus qu'ils n'en avaient qu'une connaissance atténuée. Dans les pays riches, l'afflux d'immigrants chassés de leur pays d'origine par la sécheresse ou par les guerres, ne cessait d'augmenter, provoquant la zizanie entre les possibles destinations d'accueil. A la périphérie des grandes cités avaient surgi des bidonvilles qui constituaient autant de zones de non droit, où la police avait renoncé à intervenir. Les SDF se multipliaient à l'entour des gares, accompagnés de leurs chiens, provoquant toutes sortes de désordres. Une foule de travailleurs pauvres subsistait, employés à des tâches subalternes ou fatigantes, qui n'avaient pu être confiées à des automatismes : livreurs de repas à domicile, services de sécurité ou de gardiennage, préparateurs de commandes. Il leur était fréquemment reproché par leurs patrons d'être instables ou de ne pas être suffisamment « engagés » dans leur travail.

Les relations internationales constituaient un sujet de préoccupation. L'Europe continuait, *as usual*, à s'entredéchirer pour des raisons que l'on aurait pu juger futiles, comme les normes relatives à la teneur en matière grasse des fromages, mais qui permettaient d'éviter les vrais problèmes et donnaient l'occasion à chaque nation de s'affirmer dans son pouvoir d'empêcher, à défaut de proposer. Les Etats Unis d'Amérique sombraient progressivement dans leur magma, leur diplomatie discréditée partout dans le monde, devenus incapables d'imposer leur point de vue malgré leur force militaire colossale, ayant perdu le monopole des technologies les plus pointues. L'écart s'y élargissait entre une petite minorité de riches et de très riches et une large majorité de pauvres peu éduqués et condamnés à des activités de survie. La Chine s'était imposée comme un acteur international de premier plan, peut-être comme le centre du monde, mais se heurtait à des difficultés internes. La réduction du taux de croissance et des opportunités d'enrichissement y mettaient en cause l'autorité du « Fils du ciel », que seul préservait un quadrillage sophistiqué de la population.

Le vieil homme se parlait à lui-même :

« - C'est le syndrome bien connu de la grenouille. Plongez-là dans une casserole d'eau bouillante, elle saute. Plongez-la dans une casserole d'eau tiède que vous faites réchauffer progressivement, elle meurt ébouillantée. Pareil pour nous. Rien ne presse. Et donc, les occupations habituelles l'emportent sur l'action collective qu'il faudrait mener. Qui aurait intérêt à s'y coller ? Quel serait l'Etat dont les dirigeants seraient suffisamment stupides pour se donner comme objectif de contribuer à faire reculer le réchauffement climatique au détriment de tout le reste ? D'ailleurs, auraient-ils seulement une chance d'y parvenir ? Et donc, chacun exprime de bonnes intentions, mais ça ne va pas plus loin. Même chose pour les grandes entreprises. Il s'agit pour elles de faire du fric. Point. Pareil pour les gens pris individuellement. D'abord profiter de la vie. Et d'ailleurs, quoi faire ? Eteindre l'électricité en sortant et manger bio ? La belle affaire ! C'est une façon de se donner bonne conscience. De se montrer politiquement correct. Mais vous ne croyez tout de même pas, avec la chaleur qu'il fait, qu'on va arrêter la clim sous prétexte de lutter contre le réchauffement climatique ? Sans blague ! »

Sa compagne lui mit la main sur l'épaule :

« - On annonce un nouvel orage pour ce soir. Et probablement des coupures d'électricité. »

oOo

Le président de la compagnie d'électricité était soucieux. Très soucieux. Il avait été prévenu que le réseau, une fois de plus, aller sauter. C'était la troisième fois en deux mois. On ne pourrait plus s'en tirer avec un communiqué faisant état de pannes exceptionnelles et assurant que « nos équipes sont sur le terrain afin d'y remédier au plus vite et de mieux vous servir ». En fait, la consommation ne cessait d'augmenter alors que la production diminuait. Il avait fallu mettre en sommeil deux nouvelles tranches nucléaires dont il n'était vraiment plus possible de dissimuler la vétusté et le danger qu'elles représentaient. Les sources d'énergie renouvelables plafonnaient, faute de matériaux en quantité suffisante pour construire les parcs d'éoliennes géantes et les champs immenses de panneaux photovoltaïques qu'il aurait fallu installer. Ces salopards de Chinois avaient encore augmenté leurs prix. Pas moyen non plus de débloquer la construction de nouvelles tranches nucléaires, les écolos s'y seraient opposés, et d'ailleurs l'entreprise n'en avait pas les moyens. Pas possible non plus d'arrêter les plus vieillissantes. Toujours ce problème de financement.

Avec son confrère de l'autre compagnie, qui ne se portait guère mieux, il avait été convoqué au Palais. Il savait d'avance pourquoi. L'adjoint du chef de cabinet lui avait passé un coup de fil. Il se prendrait un savon et il avait préparé ses arguments : « nous sommes limités par l'impossibilité de mettre en service de nouvelles tranches. La seule façon d'éviter les coupures serait d'instaurer un double tarif de façon à pénaliser les gros consommateurs. »

Premier barrage de gendarmerie à l'approche du Palais. Deuxième *check point* à l'entrée. Le chauffeur fut autorisé à garer la voiture dans la cour d'honneur. Un appariteur vint le chercher pour le mener à une antichambre, puis à la salle de réunion. S'y trouvaient déjà quelques personnages qu'il connaissait bien. Le directeur de cabinet du Président, en costume bleu marine, la rosette de la légion d'honneur bien en évidence. Le conseiller chargé des affaires industrielles, en costume bleu marine, le ruban de la légion d'honneur bien en évidence. Le président de la Haute autorité chargée de la sûreté nucléaire, en costume bleu marine. Le directeur du laboratoire de recherches sur l'énergie nucléaire du CNRS, en costume beige clair. Son confrère, de l'autre compagnie. Et quelques autres, qu'il ne connaissait pas. Salutations.

de la crise énergétique que nous traversons. Le Président, qui va nous rejoindre dans quelques instants, y accorde beaucoup d'importance. Nous devons être à la hauteur des attentes de nos concitoyens. Les coupures répétées portent atteinte à notre plan à cinq ans de modernisation de nos infrastructures. »

Suivirent des propos de circonstances, qui permettaient d'occuper le temps en attendant l'arrivée du Grand homme. La porte s'ouvrit. Le Grand homme pénétra dans la salle. Tout le monde se leva. Le Grand homme s'assit après avoir salué quelques membres de l'assemblée. Tout le monde s'assit. Le Grand homme prit la parole.

« - Je n'ai pas à souligner devant vous la gravité de la crise énergétique que nous traversons. Nous devons être à la hauteur des attentes de nos concitoyens. Les coupures répétées portent atteinte à notre démarche de modernisation de nos infrastructures. »

Chacun opina silencieusement. C'était l'évidence. Le programme présidentiel, sur lequel le Grand homme avait été élu, prévoyait la sécurité des approvisionnements en énergie tout en traçant la voie d'une véritable « transition énergétique ». Il importait donc, de toute urgence, de mettre fin aux coupures inopinées. Chacun y alla de son point de vue, qui rejoignait celui du Grand homme. Le président de la Haute autorité de la sûreté nucléaire fit observer que, d'une part le parc nucléaire, sur lequel était fondé l'essentiel de la production énergétique, était à bout de souffle, et que d'autre part, la mise en service de nouvelles tranches prendrait nécessairement du temps, sans compter que les écologistes s'y opposeraient et ne manqueraient pas de se rapprocher de l'opposition. Son objection tomba à plat.

« - Et vous, que proposez-vous, Monsieur le président », lança le Grand homme.

« - Grâce aux efforts constants de tout notre personnel, la production n'a pas faibli. Par contre, nous constatons une augmentation très rapide de la consommation des ménages. Ce qui est en cause, pour l'essentiel, c'est la multiplication des installations de climatisation. Je propose donc la création d'une taxe sur les climatiseurs, dont le produit serait affecté à la création de nouvelles tranches. Mes services ont calculé quel pourrait en être le produit…

« - Pas de nouvelle taxe, coupa le Grand homme. Nous nous y sommes engagés devant les électeurs ».

« - Nous pourrions aussi mettre en place un double tarif afin de pénaliser les gros consommateurs d'électricité », reprit le président de la compagnie, en jetant un coup d'œil du côté de son confrère.

Suivit une longue discussion, un peu confuse, mais de laquelle il ressortait qu'il fallait trouver une solution et qu'il était nécessaire de faire très vite, compte tenu de l'approche des élections municipales. Le Grand homme conclut en demandant la création immédiate d'une commission, présidée par le chercheur du CNRS, qui n'en demandait pas tant, et qui devrait rendre ses conclusions dans les trois mois. Puis il se leva et demanda discrètement au président de le suivre dans son bureau.

« - Qu'en penses-tu ?

- Comme toi. Nous sommes coincés. Les centrales existantes tiennent avec des bouts de ficelle. Heureusement, ça ne se sait pas trop. Et de nouvelles tranches ne pourraient pas être mises en exploitation avant trois ans. Minimum.

- C'est à dire après les élections.

- Je ne vois qu'une seule solution : acheter des kilowatts à la Russie.

- Ils en ont à vendre ?

- Pour l'instant non, mais ils peuvent réduire leur consommation nationale.

- Bonne idée. On va faire comme ça. Mais je compte sur ta discrétion.

- Bien entendu. Comment va ton épouse ? »

Le président prit congé. Il espérait bien que les importations de kilowatts par sa compagnie laisseraient à celle-ci un bénéfice substantiel qui permettrait au moins de remettre à niveau le parc nucléaire existant. Le temps qu'il faudrait. En plus, la compagnie concurrente, empêtrée dans ses affaires de gaz, ne pourrait pas suivre. C'était très bien. Arrivé à son bureau, au $38^{\text{ème}}$ étage de la tour, il appela son chef de cabinet :

« - Je crois que vous allez vite avoir l'occasion d'aller à Moscou. »

Quelques jours plus tard, à Moscou, Vladimir Alexandrovitch Koulikoff pouvait se féliciter. L'affaire avec les Français se présentait bien. Certes, le réseau électrique russe ne pourrait pas supporter cette consommation supplémentaire. Il faudrait donc remettre en marche quelques vieilles centrales à charbon qui avait été arrêtées depuis quelques années. Trop polluantes. Ensuite, on verrait bien.

oOo

Rassemblés dans le petit appartement de l'un d'entre eux, José, Brahim, Pascal et Luce, quatre jeunes activistes de l'association *Gaïa international network*, révisaient soigneusement les différentes étapes de leur coup. Pénétrer dans l'enceinte, se disaient-ils, serait facile. La compagnie faisait appel à de nombreux sous-traitants et il suffirait de se glisser parmi eux. Ils s'étaient pourvus d'un jeu d'autorisations parfaitement contrefaites et ils savaient ce qu'il en était de la vigilance des gardiens. C'est ensuite que les choses devenaient un peu compliquées. Le copain de la salle de contrôle devrait les aider à pénétrer dans le périmètre interdit. Le signal avait été convenu avec lui. Une fois à l'intérieur, ils multiplieraient les photos et les vidéos. Pas question d'essayer de sortir avec elles. Trop risqué. Impossible également des les transmettre par SMS. Il fallait compter sur les brouillages et ils se feraient trop facilement repérer. Donc, les laisser au copain. Sortir une puce, pour lui, ne serait pas bien difficile. Ensuite, peu importait qu'ils se fassent arrêter. Il faudrait seulement prévoir que les images puissent être diffusées suffisamment vite dans les média et, bien sûr, sur les réseaux sociaux.

« - Est ce que nous sommes au clair », demanda José. Les autres opinèrent. « Bien, il est quatre heures, il faut y aller ».

Ils revêtirent les combinaisons siglées du nom d'un sous-traitant bien connu de la compagnie. Pascal se mit au volant de la voiture et ils prirent le chemin du

site. Arrivés à la hauteur du parking fournisseurs, les autres descendirent. « Bonne chance ». La voiture repartit dans la nuit. Les trois compères attendirent un peu, planqués dans un coin, faisant attention à d'éventuelles rondes du gardiennage. Il fallait profiter d'une vague d'arrivées, à l'heure de la relève, pour s'y mêler.
Les voitures commençaient à pénétrer sur le parking. « Cinq heures, allez, on y va ». Au pavillon du gardiennage, les arrivants devaient présenter leur carte d'accès afin de traverser un portillon. Ils introduisirent leur badge dans la machine comme les autres. Ils étaient dans la place.

Luce passa un SMS au copain, abandonna son téléphone dans un coin afin de tromper la géolocalisation et tous trois se dirigèrent vers l'endroit convenu. Ils avaient bien étudié le plan du site et se dirigèrent sans encombre, l'air assuré de ceux qui savent où ils vont. Pendant ce temps, il y avait problème au poste de garde.

« - Mais puisque je vous dis que c'est moi, Stephan Berke, je viens tous les jours depuis deux mois, vous devez me reconnaître, tout de même ?

- Et moi, je vous dis que Stéphan Berke, il est déjà passé, il y a de ça un peu moins de cinq minutes.

- Enfin, regardez ma photo sur mon badge.

- En effet, c'est bien vous. Pas d'erreur possible. »

Le gardien voulut appeler au téléphone le chef de la sécurité. Il chercha à consulter l'annuaire, mais il n'était pas à jour, par suite d'une récente réorganisation interne. Il lui fallut donc cinq bonnes minutes avant de pouvoir joindre son correspondant. Le temps d'arriver, cinq autres bonnes minutes avaient passé.

« - Usurpation de badge et intrusion, dit-il, il faut lancer l'alerte ».

La procédure était claire. Pour une alerte de type 2, il fallait prévenir tous les chefs de service de permanence, alerter la préfecture et la gendarmerie et tenir informé le manager d'astreinte. Ce serait à lui de prévenir le directeur du site. Pendant ce temps, les membres du gardiennage, par équipes de deux, ratisseraient le site à la recherche du ou des intrus. Les informations seraient centralisées au bureau du chef de la sécurité. Mais, à ce moment-là, un SMS parvint à celui-ci, en provenance d'un numéro aux Etats Unis : « attention, menace d'attentat. Vous avez dix minutes pour évacuer le site ». Ce n'était plus une alerte de type 2, mais une alerte de type 5 : « évacuation immédiate de tout le personnel non strictement indispensable ».

Pendant ce temps, le copain de la salle de contrôle de la tranche numéro 2 avait réceptionné ses amis après avoir quitté son poste en prétextant un besoin urgent. Très vite, ils prirent les photos qu'ils voulaient prendre : les tubulures rouillées et suintantes du circuit secondaire, les bâtiments en mauvais état, une installation électrique dont les coffrets laissés ouverts n'étaient manifestement plus aux normes, un tas abandonné de câbles d'acier rouillés. Leur travail fini, ils retirèrent la puce de leur portable et la confièrent au copain. Celui-ci revint à son poste et signala son retour à son collègue de la salle de contrôle, à moitié endormi devant les écrans et les voyants clignotants. Pendant ce temps, un mail expédié d'une adresse américaine parvenait aux principales agences de presse, signalant une tentative d'attentat dans une centrale nucléaire. L'équipe était ainsi assurée de faire parler d'elle.

Quelques minutes plus tard, une dépêche d'agence était diffusée à l'ensemble de la presse : « menace d'attentat dans une centrale nucléaire ». Suivie d'une autre, un quart d'heure plus tard : « trois jeunes activistes arrêtés. Ils voulaient faire sauter une centrale nucléaire. Vite repérés par les services de sécurité, ils ont été placés en garde à vue. Aucun d'entre eux n'était connu des services de police ». La radio, la télévision, la presse du soir en rajoutèrent : « membres d'un groupuscule radical, ils étaient porteurs d'explosifs qu'ils espéraient pouvoir placer sur le circuit primaire de la tranche numéro 3. La vigilance du service de sécurité a permis d'éviter qu'ils ne mettent à exécution leur folie ». « Le directeur du site confirme : ''notre réactivité et notre efficacité se trouvent une fois de plus démontrées, mais on s'en serait bien passé '' ».

Au siège de la compagnie, le président en personne tint à féliciter chaleureusement les membres du gardiennage, dont la vigilance et la perspicacité avaient permis d'éviter le pire, illustrant la bonne tenue des centrales françaises et leur haut niveau de sécurité.

Une heure après, les agences de presse recevaient de nouveau un mail leur adressant un jeu de photos qui auraient été prises à l'intérieur de la centrale, illustrant sa vétusté. Après ce qui avait été déjà diffusé, c'était ennuyeux. Prudentes, les agences de presse, redoutant à juste titre de se faire doubler par les réseaux sociaux, les diffusèrent en précisant qu'elles n'avaient aucune garantie quant à leur origine et leur rapport avec la réalité. C'était peut-être des montages. Mais la puce sur laquelle les photos avaient été enregistrées fut déposée à la préfecture de police et fut immédiatement envoyée aux services de la police scientifique, qui put identifier son origine, car elle provenait d'un portable abandonné que l'on avait retrouvé sur le site, et établir ainsi la preuve probable de l'authenticité des clichés. Certains journaux s'abstinrent tout de même de les publier. D'autres mirent en doute leur authenticité, ignorant les conclusions de la police, qui ne les avait pas rendues publiques. Compte tenu de l'efficacité reconnue des services de sécurité, affirmait l'éditorialiste de l'un des quotidiens les plus respectés, il était impossible que de telles photos aient pu être prises. En outre, elles évoquaient beaucoup plus un entrepôt de ferrailleur qu'une unité industrielle ultramoderne.

Les réseaux sociaux, pendant ce temps, les avaient largement diffusées, de sorte qu'elles se répandaient de façon virale. Elles suscitaient toutes sortes de commentaires. Certains les qualifiaient de « *fake news* », exigeant la plus grande sévérité à l'égard de leurs auteurs. D'autres y voyaient une confirmation de leur parti pris hostile à l'énergie nucléaire. D'autres, enfin, sans être nécessairement hostiles à l'énergie nucléaire, voyaient dans le délabrement des centrales une manifestation grave de l'incurie du gouvernement et de la majorité au pouvoir. Le débat prit de l'ampleur. De nombreuses personnalités furent conviées à donner leur avis à la télévision, parmi lesquelles un philosophe bien connu, l'animateur d'une célèbre émission sur la nature, un physicien spécialiste des quanta et un député qui était à l'origine d'un rapport sur la fiabilité du parc nucléaire.

Le président ne décolorait pas. Il avait réuni ses communicants afin de définir quelle stratégie adopter. Des éléments de langage furent arrêtés : un, les photos étaient des faux grossiers et n'avaient pas pu être prises sur un site nucléaire. Deux : l'arrestation des trois activistes démontrait l'efficacité des services de sécurité. Un communiqué en ce sens fut rédigé et diffusé. Un petit nombre de journalistes, triés sur le volet, se virent invités à la visite d'un site nucléaire, récemment rénové, en compagnie du directeur des opérations. Bien entendu, le président eut l'occasion de s'exprimer sur différentes chaînes et de proclamer son indignation devant tant de mauvaise foi et, pour tout dire, d'obscurantisme. Et de proclamer sa confiance en l'efficacité de l'ensemble de ses collaborateurs. L'un d'entre eux, technicien posté dans une salle de contrôle, évitait de rire trop ouvertement. Quant aux activistes, aucune preuve de la volonté de commettre un attentat n'ayant pu être retenue contre eux, ils furent condamnés à trois mois de prison, ce que ne manquèrent pas de dénoncer les réseaux sociaux, et notamment le blog d'une organisation peu connue, *Gaïa international network*.

Bien entendu, le Palais était sur la brèche. Une motion de censure avait été déposée par l'opposition. Il n'était pas question de relever le prix du kilowatt heure. Venaient bientôt les élections municipales, qui étaient loin d'être gagnées. La colère du Grand homme retomba sur le président de la compagnie électrique, cet incapable. Il regretta d'avoir coupé les ailes, ou plutôt les crédits, à la Haute autorité de la sûreté nucléaire. C'est son avenir politique qui était en jeu. Il fallait trouver une parade, et vite. La commission créée quelques jours plus tôt fut sommée d'accélérer ses travaux et de trouver une solution, et vite. Le président de l'autre compagnie électrique se demanda s'il ne conviendrait pas de se rapprocher du leader de l'opposition. Quelques mois passèrent. Heureusement, le problème avait cessé d'être d'actualité. Ce qui l'était maintenant, c'était le scandale des pesticides.

oOo

Diane Newberg était en rage. « La molécule tueuse ». Cet article remettait gravement en cause la réputation du GS4, le produit phare de Fertilagri. Comment la com avait-elle pu laisser passer un brûlot pareil ? Les Américains seraient furieux. Il fallait réagir au plus vite. Et d'abord, faire un communiqué. La dircom eut vite fait de lui pondre le texte suivant :

« Fertilagri récuse totalement les allégations mensongères diffusées par une certaine presse en ce qui concerne le GS4 et portera plainte contre les auteurs de telles contre-vérités. Comme le montrent de nombreuses études scientifiques réalisées aux Etats Unis, le GS4, non seulement ne présente aucun danger pour la préservation des sols, mais contribue à en améliorer sensiblement la fertilité, comme le reconnaissent les nombreux agriculteurs qui lui font confiance et l'utilisent régulièrement. Fertilagri tient à rappeler son engagement en faveur d'une agriculture plus raisonnée et rappelle que la société se conforme aux normes environnementales les plus exigeantes, comme l'attestent les nombreux labels internationaux qui lui ont été attribués. »

Ce ne serait probablement pas suffisant. Les deux femmes firent venir le directeur scientifique :

« - Il faut de toute urgence ressortir les études américaines.

- Elles ne sont pas très probantes.

- Ce n'est peut-être pas la peine de le crier sur les toits ».

Ensuite, un coup de fil à son agence de gestion de crise :

« - Vous êtes au courant ? Bon. Il faut savoir qui sont les auteurs de l'étude sur laquelle s'appuie la presse et trouver des arguments pour en récuser les conclusions. C'est urgent. Par ailleurs, faites du buzz sur les réseaux sociaux pour dénoncer les *fake news*. »

Appel entrant de la Confédération nationale de l'agriculture :

« Bonjour, mon cher président. Oui, je sais. Nous venons de diffuser un communiqué. Si vous pouviez en faire un, vous aussi, ça appuierait notre position. Insistez bien sur le caractère scandaleux de l'accusation. Il faudrait aussi trouver une étude qui démontre que nous sommes injustement attaqués. Je compte sur vous. On se tient au courant. »

Après tout, c'était pour lui le moment ou jamais de renvoyer l'ascenseur. Elle se comprenait. Nouveau coup de fil. C'était l'agence de gestion de crise. Elle mit le haut parleur à l'intention de la dircom :

« - Nous avons pu établir que le labo du CNRS dont font partie les deux auteurs est en partie subventionné par Agrilab.

- C'est clair. Les salopards. En tout cas, merci pour votre réactivité. Il faudrait voir également les conséquences sur l'emploi dans le cas où le GS4 serait interdit. Comme il y aura nécessairement un débat politique, il faudra mettre les députés devant leurs responsabilités. Ce serait bien que vous me prépariez un argumentaire.

- OK, je prépare les éléments de langage.

- Et que vous fassiez une liste des personnalités à contacter en priorité. Vous me suivez ?

- Cinq sur cinq.

- Oui, aussi, Trécou, de la CNA, va intervenir. En toute indépendance, bien sûr.

- Bien sûr.

- A plus.»

Appel, cette fois, des Etats Unis. C'était le COO de la Compagnie. Diane Newberg suggéra à la dircom d'aller se tenir à la disposition des journalistes au cas très probable où on l'appellerait.

« Hello ! Mike ! Vous êtes au courant ? C'est extrêmement grave… ».

Et elle énuméra les mesures qui avaient déjà été prises.

« - C'est très bien, Diana. Mais ce qu'il faut que vous sachiez, c'est que nous subventionnons le labo d'où l'étude sur le GS4 est sortie et que c'est nous qui l'avons suscitée.

- Mais je croyais que c'était Agrilab ?

- Oui, Agrilab aussi, mais ce que vous ne savez pas, c'est que Agrilab nous appartient, via un fond d'investissement basé au Luxembourg, où le secret bancaire est encore assez bien préservé. Or, Agrilab se prépare à mettre sur le marché un *me too*, autrement dit une molécule dont les propriétés sont identiques à la nôtre, mais qui n'a pas été plombée par les campagnes écolos. Elle va prendre la place de la nôtre, mais pas avant deux ans. D'ici là, il faut retarder toute décision qui viendrait interdire le GS4 ou en restreindre les conditions d'utilisation en France. Après, le Agri+ d'Agrilab prendra la suite.

- Bien, donc je continue dans la dénégation ?

- Oui, il faut préserver la réputation de Fertilagri. Ensuite, on se mettra à l'abri derrière l'image d'Agrilab. Mais il faut que vous sachiez qu'il y aura une conséquence, et il faut vous y préparer.

– Laquelle ?

– L'Agri+ sera produit en Indonésie et l'unité est déjà en construction. Donc il faudra fermer l'usine Fertilagri en France. Pour ça, vous disposerez d'un budget, mais il faut préparer dès maintenant les arguments à mettre en avant. Nous, nous parlerons de réorganisation au plan mondial. Vous, il faudra que vous évoquiez le caractère obsolète de notre unité en France et son absence de compétitivité par rapport à celle que nous construisons en Indonésie. Est-ce clair ? Mais que rien ne sorte avant que nous ne vous donnions le top. OK ?

– OK. *See you soon.* »

Pendant ce temps, le ministre de l'Industrie, alerté par son collègue de l'Agriculture, qui avait lui-même été alerté par le président de la CNA, se préparait à intervenir. Au nom de la défense de l'emploi et de la préservation des agriculteurs français qui, si le GS4 était retiré du marché, se trouveraient en grave difficulté face à leurs compétiteurs d'ailleurs dans le monde. Il décida donc de téléphoner à la présidente de Fertilagri France afin de l'assurer de tout son soutien. Ensuite, il proposa une interview au journal qui avait sorti l'affaire. Il expliqua qu'en effet, des soupçons pesaient sur l'innocuité du GS4, mais qu'il ne fallait pas céder à la panique. Ce n'était qu'une hypothèse et une étude complémentaire avait été demandée à un laboratoire indépendant, qui faisait partie de l'INRA. Dès qu'il aurait rendu ses conclusions, le gouvernement, soucieux de la santé des Français et de la nécessité d'avancer dans la voie d'un développement authentiquement durable, prendrait ses responsabilités.

Furieux, le ministre de l'environnement tint à faire entendre son avis. Le GS4 était nuisible et toutes les études arrivaient à cette conclusion. Le ministre de l'Economie jugea alors indispensable d'intervenir pour souligner que l'on ne pouvait pas se permettre de sacrifier l'emploi et les succès de notre agriculture à une hypothèse, certes intéressante, mais qui demandait à être confirmée. Bien entendu, la presse s'en mêla et il s'ensuivit une bronca générale où s'entrecroisaient les arguments écologiques, les arguments économiques, la défense de l'emploi, la nécessité de promouvoir un développement durable, celle de mettre fin aux agissements des grands groupes américains pour lesquels seule comptait la rentabilité immédiate, l'absence d'argument décisif contre le GS4, la nécessité d'entreprendre des mesures plus fines, de sorte que le premier ministre en personne fut obligé de sortir de sa réserve.

C'était un homme d'une grande sagesse. Ainsi proposa-t-il d'en appeler au principe de précaution afin d'éviter toute interdiction prématurée d'un produit dont on ignorait, en définitive, les effets envisagés dans le temps. Et donc, il proposa un moratoire de deux ans, le temps de rendre ses conclusions pour la commission indépendante qu'il allait réunir, et qui serait constituée des scientifiques les plus renommés, ceux notamment du CNRS. L'actualité se porta alors sur les drames suscités par l'irruption impromptue d'un volcan en Colombie.

oOo

Le vieux regardait les nouvelles sur le site Internet d'un journal réputé sérieux. « La compagnie électrique envisage l'achat de kilowatts heure en Russie. L'opération sera accompagnée de la création d'un fond affecté à la remise à niveau de notre parc nucléaire. Nous avons été surpris par l'augmentation brutale de la consommation, déclare le président de la compagnie. Notre plan vise à remédier rapidement aux difficultés momentanées d'approvisionnement électrique dans le respect de nos engagements en matière de préservation de l'environnement. » Fort bien, donc le CO_2 sera émis en Russie et non plus en France. Autre article : « des extrémistes s'en prennent à une centrale nucléaire. Grâce à la vigilance des services de sécurité, leur plan échoue. La sécurité de nos centrales n'a jamais été aussi élevée, affirme le président. » Ce n'est pas ce qu'affirment les réseaux sociaux. « Moratoire de deux ans pour l'utilisation d'un pesticide à l'action contestée, le GS4. Selon la présidente de Fertilagri France, Diane Newberg, le produit n'est absolument pas nocif dès lors qu'il est utilisé dans les conditions normales d'épandage. Consciente de sa responsabilité sociale, Fertilagri va lancer un programme national d'éducation à l'intention des agriculteurs, ajoute-t-elle. » Bien, on va pouvoir continuer à empoisonner les sols.

Un blog avait même affirmé que le ruissellement des sols imprégnés de GS4 s'écoulant dans les rivières, il en résultait la disparition des poissons mâles. Il arrêta sa lecture. Mensonges, mensonges, mensonges, pensa-t-il, nous vivons dans un océan de mensonges. Mensonges publicitaires. Mensonges politiques. Chacun défend son bout de gras par tous les moyens et rien ne change dès lors qu'il faudrait s'en prendre à tel ou tel intérêt politique ou financier. Et pendant ce temps-là, pour paraphraser Galilée, « elle se réchauffe ». Galilée s'opposait frontalement aux puissants de son temps. Les puissants de son temps, c'étaient les ecclésiastiques. Les puissants de notre temps, à nous, ce sont les financiers. Si vous remettez en cause leurs intérêts, et surtout les convictions qui justifient leur bonne conscience, ils sont prêts à vous brûler en place publique. Vous brûler, c'est vous mettre hors d'état de leur nuire et, surtout, vous discréditer vis-à-vis de l'opinion. L'opinion, c'est à dire les électeurs. Tout se tient.

Bien entendu, de cette situation, personne n'est coupable et en même temps, tout le monde est coupable, poursuivi-t-il en lui-même. Je me suis rendu ce matin dans un supermarché bio. Au rayon des fruits et légumes, j'ai vérifié la provenance. Il y avait la Nouvelle Zélande, le Togo, le Burkina Faso, l'Afrique du sud et la Thaïlande. Bio, ou du moins prétendument bio. Mais quelle est la trace carbone du panier de fruits bio par rapport au panier de fruits non bio ? Hors sujet. Et qui en est responsable ? Le vendeur, qui n'a rien trouvé de mieux comme travail ? Le gérant, qui s'en prendra nécessairement à la centrale d'achat ? Les communicants de la chaîne, qui sont payés pour ça ? Le patron, qui s'en fout et qui est fier du business qu'il a monté, ce qui lui permet de se montrer dans une grosse voiture ? Ou bien moi, le consommateur, qui devrais éviter ce genre d'endroit mais qui y vais quand même par commodité ou pour accompagner ma compagne ? Tous coupables. Tous personnellement coupables. Coupables au même titre qu'Eichmann, l'homme de l'holocauste, ou que Eatherly, le pilote d'Iroshima. Ils ne faisaient qu'obéir, sauf qu'Eatherly, lui, contrairement à Eichmann, a toujours regretté la façon dont il s'était laissé manipuler. Au point de devenir fou. Que faire ? Accepter de devenir fou, risquer d'être brûlé ou suivre le troupeau, confortablement installé comme je le suis dans un bon fauteuil dans mon salon climatisé ? *That is the question.*

Un coup de fil l'interrompit. Sa compagne l'appelait. Elle était bien arrivée. Le congrès commençait demain.

5 – Le marché

« Nous vivions perpétuellement dans le mensonge » Tout en marchant, le vieux se rappelait le monde d'avant. « Combien de mensonges devions nous affronter par jour ? Chaque jour, des centaines, peut-être des milliers, sous forme de publicités plus ou moins mensongères. Dans la rue. Dans la presse. Sur les sites Internet. Sous forme d'E-mails indésirables. Sous forme de démarchage téléphonique. Ne parlons pas des politiciens, toujours soucieux de se faire approuver, qu'ils fussent sincères ou pas. La presse, il était difficile de distinguer ce qui était vrai de ce qui ne l'était pas, ou encore, ce qui n'était qu'une présentation tronquée destinée à masquer l'essentiel. Il n'était plus possible de distinguer la réalité de la fiction, la vérité de l'illusion. Tout le monde manipulait tout le monde. « Et pendant ce temps là, elle se réchauffe ». Puis ce brusque retour à la réalité, qui semblait se venger d'avoir été trop longtemps ignorée. Catastrophe ou sursaut salutaire ?

En attendant, Il allait falloir trouver à boire. Cela semblait être également l'avis de Phoebus, qui tirait de plus en plus la langue. Ce qui avait été un bocage se distinguait au-delà des glissières qui bordaient ce qui avait été une autoroute. Toujours les références au monde d'avant, se dit-il. Il faudra réinventer une langue. Ils durent ensuite franchir un grillage rouillé qui bordait la chaussée. S'engager dans un chemin qui disparaissait au milieu de la végétation. Au loin, une fumée. Il pensa au Petit poucet. La fumée venait de la cheminée d'une toute petite maison, perdue dans une clairière. Ils s'approchèrent avec circonspection. Une vieille parut sur le seuil. De derrière un appenti, une voix masculine :

« - Qui êtes-vous ? Ne bougez pas ou je tire.

- Des voyageurs.

- Et qu'est ce que vous venez faire ici ?

- Ne craignez rien, nous ne sommes pas des voleurs. Nous avons seulement très soif. »

Un vieillard se montra, son fusil à la main.

« - Excusez-moi, mais nous nous méfions des rôdeurs, bien qu'il n'y en ait pas beaucoup, à venir par ici. »

Philémon et Baucis. Un couple de petits vieux. Ils entraînèrent les nouveaux venus à l'intérieur de ce qui se présentait comme une petite ferme. Leur donnèrent à boire. Leur proposèrent à manger. Ce n'était pas de refus. En échange, il proposa de partager les grillades de chevreuil qu'il avait récupéré en faussant compagnie à l'odieuse troupe de l'entreprise libérée. Ils manifestèrent du plaisir. On se mit à table. Il y avait de la soupe de légumes, des patates douces et des fruits. Et ils expliquèrent :

« - Cela fait près de trente ans que nous vivons ici. Nous avons fui la ville parce qu'on en avait marre. On avait suffisamment de quoi vivre, mais aller tous les jours au boulot en prenant un train de banlieue, qui arrivait ou qui n'arrivait pas, respirer au milieu des émanations de gaz oil, ça ne nous plaisait pas. On voulait être libres. Et le grand air. On a un peu cherché et on a trouvé cette maison avec suffisamment de terrain pour faire un peu de maraîchage. On y a mis nos économies et on a commencé. Au début, ça a été un peu dur parce qu'on n'était pas du métier. Il faut dire aussi que les gros agriculteurs du coin ne nous ont pas facilités la vie. Ils voyaient d'un mauvais œil des jeunes de la ville venir s'installer. On a essayé de nous reprendre notre terrain sous prétexte de regroupement foncier. Il a fallu se battre avec les administrations. On croyait qu'on ne s'en sortirait jamais. Et puis on y est arrivés.

- Bravo. Mais après, il y a eu la catastrophe.

- Vous me croirez si vous voulez ou non, mais ça ne nous a pas beaucoup touchés. Un jour, on s'est aperçus qu'il n'y avait plus d'électricité. Comme ça arrivait de temps en temps, on ne s'est pas inquiétés. Et puis ça a duré. Il faut vous dire qu'on n'a pas la télé. Il n'y avait plus de téléphone non plus. Alors, on s'est renseignés. On ne sort pas beaucoup d'ici et nous n'avons pas beaucoup de visites. On nous a dit que c'était partout, que l'on ne savait pas combien de temps ça durerait et que les gens fuyaient la ville. Alors on s'est organisés. Ici, on a tout. On avait les outils. On pouvait vivre en autarcie. Il y a simplement eu quelques inconvénients auxquels il a fallu s'habituer.

- Oui, j'imagine.

- Mais pas tellement, je vous assure. Bien sûr, on se couche à l'heure des poules. On n'a pas de savon ni de lessive, donc il a fallu les remplacer par la cendre. De toute façon, avant, on n'achetait pas tellement. Deux fois par mois, peut-être, on allait au marché pour vendre des œufs et des légumes. On ne peut pas dire que ça rapportait beaucoup, si bien que le changement, pour nous, n'a pas été très important. La seule chose, c'est que maintenant, on se méfie des rodeurs. Ceci dit, je ne leur conseille pas de venir nous embêter. Comme vous avez vu, j'ai un bon fusil, et il me reste des cartouches pour le gros gibier. Mais maintenant, vous qui avez voyagé, c'est à vous de nous dire ce qui se passe et si ça va durer. »

Il pensait à ces soldats japonais isolés dans les îles du Pacifique et qui ignoraient que la guerre était terminée des années après qu'elle ait pris fin. Que dire ? Comment parler avec objectivité de ce que lui-même ne comprenait pas très bien.

« - Ce qu'on sait, c'est que la panne a été générale. En ville, la désorganisation a été telle que les gens ont dû s'en aller parce que ce n'était plus possible d'y rester. Ni eau potable, ni approvisionnement. Les pompiers et les forces de l'ordre aux abonnés absents. Maintenant, on ne sait pas combien de temps ça va durer. Ce qui est certain, c'est qu'on ne reviendra jamais à la situation d'avant. La cause, on ne la connaît pas bien. Tout ce qu'on sait, c'est que c'est en relation avec le réchauffement climatique.

- Au fond, nous avons été des précurseurs !

- Dans un sens, oui, parce que les gens de la ville, moi le premier, nous étions incapables de vivre autrement que de la façon dont nous vivions. Nous étions complètement dépendants. Et totalement inadaptés à la situation actuelle. Les Africains du Sahel étaient bien mieux préparés. Imaginez que je ne savais pas faire du feu en l'absence d'allumettes. »

La vieille rigola.

« - Et pourquoi on ne reviendra pas à la situation d'avant ?

- Parce que le genre de vie des pays développés est incompatible avec les ressources de la planète terre, qui sont limitées et qui tendent, ou qui tendaient, à s'épuiser. Parce que les rejets industriels ont créé des pollutions et des rejets de CO_2 au point de modifier le climat, comme vous le voyez vous-mêmes. Donc, ce qui est certain, c'est que plus jamais nous ne vivrons comme nous vivions.

- Comme vous, vous viviez.

- Je suis d'accord. Il va falloir tout réinventer. »

La discussion se prolongeait mais l'obscurité était tombée. Phoebus dormait, couché en rond sur lui-même comme il en avait l'habitude.

« - Vous allez pouvoir vous installer sur le canapé et nous reprendrons la conversation demain. »

Il mit du temps à s'endormir. Il était estomaqué par ce qu'il découvrait. Des gens qui semblaient plein de bon sens et pour lesquels ce qui s'était passé n'apparaissait pas comme la fin du monde. Plus : qui n'avaient qu'une vague idée de l'ampleur de l'événement et qui d'ailleurs, s'en fichaient plus ou moins. Comme on disait dans les salons d'autrefois, cela l'interpellait. La catastrophe était d'abord une catastrophe pour ceux qui l'avaient collectivement provoquée et qui se trouvaient ainsi obligés de tout réinventer sans avoir pour cela les compétences qui leur auraient été nécessaires. Leur modernité se révélait désormais un handicap. Les pasteurs peuls qu'il avait rencontrés quelques semaines plus tôt étaient mieux placés pour reconstituer l'humanité de demain. Oui, mais alors sur quelle base serait-elle fondée ? Si la modernité avait échoué, à quoi laisserait-elle place ? Un retour à l'état de nature ? D'accord, mais c'est quoi, la nature ?

oOo

Philémon – il s'appelait en réalité André – et Baucis – elle s'appelait en réalité Annie – proposèrent au vieux de rester quelque temps parmi eux. Après l'expérience éprouvante de l'entreprise libérée, ce fut pour lui une bénédiction.

« - Oui, mais attention, lui dit Philémon, nous avons des choses à vous demander.

- Autrement dit, me voilà devenu journalier agricole ?

- Exactement ! »

Et donc, il passa une semaine agréable, s'occupant de divers travaux que le vieux couple ne pouvait plus assumer lui-même. Il remit des ardoises sur le toit, répara l'enclos des poules afin de les mieux préserver des renards et des rats géants, renforça la clôture du potager afin de le préserver des incursions des sangliers, renforça l'appenti où dormait la voiture et coupa assez de bois pour faire la popote pendant au moins un an. Ensuite de quoi, il décida de reprendre la route. Toujours ce pincement au côté.

« - Vous aviez parlé d'un marché.

- Tout droit en continuant la route par laquelle vous êtes venu. Vous en aurez pour deux heures de marche.

- Merci encore pour tout. »

Il se demandait comment cela tournerait pour eux. Un jour viendrait où ils ne pourraient plus se suffire tout seuls. Si l'un disparaissait, l'autre le suivrait. Plus étonnant : jamais il n'avait été question d'enfants. N'avaient-ils aucune famille ? Avaient-il eu de bonnes raisons, dont ils n'avaient pas parlé, de fuir la ville ? Cela se faisait, autrefois, de prendre le maquis, le temps de se faire oublier. Phoebus le précédait, nez au vent. Sur la route, quelques passants, dans un sens et dans l'autre, souvent chargés de ballots. On se saluait sans s'attarder. Au loin apparut un clocher. Une petite ville, ou une grosse bourgade, dans le même état que celles qu'il avait traversé jusque là. Peut-être moins abandonnée. Il déboucha sur la place principale. D'un côté l'église, de l'autre la mairie. Classique.

Au centre de la place, ce qui, incontestablement, était un marché. Certains étals étaient présentés à même le sol, sur une bâche. D'autres sur quelques planches posées sur des tréteaux. On pouvait trouver des lapins, des poules, des légumes, des fruits, des bocaux de conserves, des outils pour travailler la terre, pelles, râteaux, serpes et cisailles, des ustensiles ménagers, bassines, seaux, casseroles, louches, assiettes, verres et couverts, des sandales confectionnées dans de vieux pneus, des bidons faits de bouteilles plastiques vides d'eau minérale, des vêtements de récupération, des rouleaux de fil de fer ou de grillage, souvent rouillé, des sacs de plastique de toutes sortes de tailles, des sacs à dos de confection locale, une bicyclette qui semblait en état de marche. Un armurier proposait une kalachnikov, ou ce qui y ressemblait. Un savetier réparait les chaussures à la minute. Un tailleur recousait ou renforçait les vêtements déchirés ou simplement râpés. Une odeur de barbecue révélait un étal fumant de viandes grillées et quelques clients assis sur des chaises. Le tout évoquait au vieux un vide grenier comme il y en avait autrefois dans certains quartiers de la capitale ou, plus encore, un marché africain, au milieu de sa poussière odorante.

Comme sur les marchés africains, il y avait beaucoup de monde, beaucoup de discussions, beaucoup de bruit. Phoebus s'intéressait à tout. Ils se promenèrent quelque temps, lui se demandant ce qu'il allait faire, n'ayant rien à proposer en échange de quoi que ce soit, quand il eut une vision décoiffante. Déambulant tranquillement entre les étals, deux policiers en tenue. Après ce qu'il avait vu jusqu'ici, c'était vraiment la dernière chose à laquelle il se serait attendu. Des policiers comme il y en avait avant le monde chaotique qui avait succédé à la catastrophe. Personne ne semblait s'en étonner. Il se demanda s'il ne rêvait pas. Mais, bon, voilà quelque chose qui le rassurait. Il se dirigea donc vers eux. Ils balisèrent réglementairement et il s'expliqua. « Il faut que vous alliez dire ça à la mairie », lui fut-il répondu. Et le flic lui désigna le bâtiment de brique qui faisait l'angle de la place.

La devise républicaine avait été effacée de la façade. A la place, on pouvait lire : « Commune Libre de la Renaissance ». Il entra, suivi de Phoebus. Dans le hall d'accueil, une jeune femme accorte, assise derrière un bureau, lui dit qu'il pourrait être reçu par le maire, mais qu'il fallait attendre. Il s'installa donc dans un fauteuil. Il y avait longtemps qu'il ne s'était pas assis dans un fauteuil. Phoebus, couché sur le dallage, dormait d'un oeil. Des gens allaient et venaient, comme s'ils étaient chez eux. Seule différence avec le passé, nota-t-il, on n'entendait pas le téléphone. Phoebus se leva d'un bond. Un homme d'une quarantaine d'années se dirigeait vers eux d'un pas pressé. C'était le maire.

« - Bienvenue. Suivez-moi. »

Dans un bureau du premier étage qui donnait sur la place et dont le mur du fond était orné par une grande affiche reproduisant le portrait bien connu du Che Guevara, il fut invité à s'asseoir. Le nouveau venu expliqua d'où il venait, sa dernière mésaventure et comment il s'était retrouvé ici.

« - Et ils vous ont laissé repartir ! Vous avez de la chance. Nous les connaissons bien. Ils viennent de temps en temps au marché pour se procurer les outils dont ils ont besoin.

- Et ils ne vous créent pas de problèmes ?

- Il vaut mieux qu'ils s'en abstiennent. Ils savent que nous pouvons nous défendre et ils n'ont pas intérêt à nous embêter. »

Le maire expliqua la situation.

« - Nous avons pu maintenir un semblant d'organisation. Du moins, les autorités municipales on tenu bon. Et comme aux alentours, ça se savait, les gens ont commencé à venir pour échanger leurs marchandises.

- D'où le marché.

- D'où le marché. Exactement. Mais la difficulté, c'est que le troc, ça ne va pas très loin. On ne pouvait pas utiliser non plus la monnaie du monde d'avant, ça aurait posé trop de problèmes. Nous avons donc été obligés de créer notre propre monnaie. Restait à savoir sur quel support. Nous n'avions ni réserves de papier, ni imprimerie. Dans un premier temps, nous avons utilisé des bouchons de liège. Nous disposions des stocks d'un ancien embouteilleur. Il n'y a pas grand monde à avoir beaucoup de bouchons chez lui ou à pouvoir en fabriquer et ça nous permettait de contrôler la masse monétaire. Mais le volume des échanges augmentait et il a fallu trouver autre chose. C'est pourquoi nous avons monté une fonderie. Ne vous attendez pas à une installation industrielle. Il s'agit plutôt de l'adaptation d'un atelier de maréchal ferrant comme il y en avait autrefois dans nos campagnes. Donc, on récupère des métaux inutiles, par exemple des pièces de moteurs d'auto, on les fond et, avec un poinçon, on en fait des pièces de monnaie. Regardez ce que ça donne. »

Et il sortit de sa poche une pièce grossièrement estampée du sigle CLR.

« - Pour la sécurité, nous avons la police municipale et les pompiers volontaires. Mais ce n'est pas suffisant. Nous avons fait comme les Suisses. Nos concitoyens sont tous armés. En cas d'agression, on fait sonner les cloches de l'église et le corps des volontaires se rassemble sur la place. Et ça, ça se sait. C'est pourquoi on ne vient pas nous embêter.

- D'accord, mais comment financez-vous tout ça ?

- Nous prélevons une taxe sur tous les exposants qui viennent au marché. »

Il se mit à rire avant de poursuivre.

« - Mais ne croyez surtout pas que nous vivons dans un monde bisounours. Nous avons plein de problèmes. D'abord, ce qui nous inquiète, c'est que les transactions portent en grande partie sur des produits de récupération. En ce sens, nous ne sommes pas sortis de l'économie extractionniste du monde d'avant. Et nous savons bien que ça aura une fin. Il faudra donc trouver autre chose, et là, tout est à inventer. Si vous avez des idées, elles sont les bienvenues. Ensuite, plus ça va, plus nous sommes confrontés à des litiges. Un vol sur le marché. Une bagarre. Les règles d'autrefois ne sont plus valables. Trop éloignées des nouvelles réalités. Il va falloir en inventer d'autres, plus simples. De même en ce qui concerne le fonctionnement de la municipalité et les droits et devoirs des citoyens.

- Qui est reconnu citoyen ou non ?

- Voilà exactement ce qu'il va falloir préciser. On disait : ce sont les gens qui habitent ici. Mais le problème, c'est que nous avons affaire à un flux d'arrivants, que nous ne connaissons pas bien et qui sont attirés parce qu'ici, c'est mieux qu'ailleurs. Bon, on ne peut pas faire autrement que les accepter, mais va-t-on leur donner les mêmes droits qu'aux autres ?

- Je vois très bien.

- Là aussi, vous pourriez peut-être nous aider. »

La commande était claire : rédiger un code simple, qui serait à la fois un code civil et un code commercial adapté à la commune.

« - En contrepartie, reprit le maire, on va vous trouver un logement ; ça, ça ne manque pas ; et on va vous verser un salaire, qui vous permettra de vivre. Vous pourrez également bénéficier de la cantine municipale et des soins médicaux si nécessaire, même s'ils sont un peu rustiques, et nous nous en excusons. »

oOo

La municipalité disposait, à deux pas de la place du marché, d'une sorte de maison d'hôtes, qui bénéficiait de toutes les commodités, sauf, bien entendu, l'électricité et l'eau courante. On y installa le vieux et son chien. La cantine municipale se trouvait au rez de chaussée. Après ces mois d'errance, il avait le sentiment de retrouver un chez-soi. Tout allait donc bien, sauf ce pincement au côté, qui le reprenait lorsqu'il considérait son existence passée. De plus, il se trouvait désormais confronté à une tâche qui lui convenait mieux que de pédaler sur un vélo ou d'essayer de faire venir des ignames dans son jardin.

Pour commencer, il fallait se demander à quoi devrait servir le code qu'il était chargé d'écrire. Pour cela, il fallait voir comment vivaient les gens, les problèmes auxquels ils étaient confrontés, les risques de conflits auxquels ils devaient faire face. Et avant tout, faire connaissance. Il comprit vite qu'il y avait sur le marché différents types d'intervenants. Certains revenaient régulièrement, porteurs d'une charge de légumes ou de fruits. Comme Philémon et Baucis, c'étaient les produits de leur exploitation, et ils venaient les échanger contre quelques objets de première nécessité, essentiellement des outils ou des sacs. Avec eux, disaient les agents de la police municipale, il n'y avait guère de difficultés. Il y avait aussi les artisans du coin. Ils transformaient les vieux pneus en sandales ou en paniers, raccommodaient les vêtements déchirés, ajoutaient des poignées à toutes sortes de récipients de récupération, ou même fabriquaient des couteaux à partir de lames de ressort d'anciens véhicules. Avec eux, il n'y avait pas de difficultés non plus.

Et puis, il y avait la troisième catégorie, celle des individus d'origine mal identifiée, qui apportaient, afin de les vendre, des objets, des ustensiles ou des matériaux de récupération. Avec ceux-là, disaient les agents, il fallait se méfier. Mieux valait ne pas leur demander où ils les avaient trouvés. Et du reste, on ne le savait que trop bien. Mais il y avait plusieurs sortes de vol. Il y avait le pillage de maisons ou d'immeubles abandonnés par leurs occupants. Rien à dire. On aurait pu parler de biens de main morte. Le vieux l'avait lui aussi pratiqué et beaucoup l'avaient fait pour simplement survivre. Mais il y avait aussi l'agression, éventuellement à main armée, de maisons légitimement occupées par leurs habitants ou de nouveaux venus qui se les étaient appropriées. Ceci se terminait parfois par un incendie ou par des morts. Ils venaient au marché très probablement armés, se montraient toujours peu causants et chacun s'en méfiait. Face à eux, les agents municipaux ne savaient trop quoi faire, faute de règles claires et de modalités visant à les faire respecter.

Alentour du marché, trois bâtiments servaient de lieux de rassemblement : l'église, le plus souvent déserte, la mairie, objet de nombreuses allées et venues pendant la journée, et le bistrot de la place, surtout fréquenté en fin de journée, quand sa terrasse se trouvait à l'ombre. Ce n'était pas que l'on y servit des boissons glacées, mais l'on y pouvait boire un petit vin issu de vignobles des environs et élevé dans des caves en tuffeau. Une agriculture strictement biologique, s'amusaient les amateurs. Et bien entendu, c'est là que s'échangeaient les nouvelles. Elles n'étaient pas très nombreuses car les voyageurs étaient rares. Et l'on s'interrogeait évidemment sur ce qui pouvait bien se passer au delà de trente kilomètres alentour.

L'une des questions que l'on se posait était la suivante : le désastre avait-il été mondial ou limité, par exemple, à l'Europe ? Or, vint un soir un voyageur qui s'était trouvé dans la capitale le jour de la grande panne. Et non seulement dans la capitale, mais dans l'un des aéroports, où il travaillait comme employé d'une agence de location de voitures. Le vieux l'écouta avec attention :

« - Dès le début de la matinée, les avions ont cessé de décoller. Ils auraient pu, parce que la tour de contrôle fonctionnait sur ses générateurs. Pendant quelques heures, il y a encore eu des atterrissages. Il fallait voir la pagaille dans l'aérogare. Comme les passerelles étaient HS, il a fallu faire descendre les passagers par les toboggans de secours. Les gens ne comprenaient pas pourquoi et s'affolaient. Forcément, ils n'étaient pas au courant de la situation. Ensuite, ils restaient coincés dans les sas de sécurité parce que les portes automatiques ne fonctionnaient plus. Les pompiers s'étaient barrés. Il a fallu défoncer des glaces à coup de barres de fer. Mais au bout de six heures, les derniers avions en provenance des Etats Unis sont arrivés et, au bout de douze heures, ceux en provenance de Chine et du Japon. Ensuite, plus rien. S'il n'y avait pas eu de problème à leur départ, que ce soit aux US, en Chine, au Japon ou en Amérique du sud, ils auraient continué de décoller, dont d'atterrir. S'ils ont cessé de décoller, c'est que la crise a également touchée les pays d'où ils venaient.

- CQFD.

- CQFD, exactement. »

Très intéressant, se dit le vieux. Mais alors, quelle est la cause ? Cela ne peut pas être une réaction en chaîne sur les réseaux qui sont interconnectés d'un pays à l'autre, puisque ce n'est pas le cas des Etats Unis ou du Japon. C'est donc autre chose. Mais quoi ?

On en resta là. La conversation passa sur le cas d'une communauté qui se trouvait à une trentaine de kilomètres de là, mais qui obéissait à une logique complètement différente de celle qui animait la Commune. La vie s'y organisait non pas autour d'un marché mais autour du château, où résidait celui qu'on appelait là-bas le seigneur. Son rôle était moins d'organiser la vie commerciale que d'assurer la sécurité. Ce qu'il faisait très bien. C'était la conséquence de l'existence de bandes de pillards contre lesquels il avait fallu se protéger. En échange de cette protection, il exigeait une participation aux travaux d'intérêt collectif, et notamment aux tours de garde. Les gens semblaient plutôt satisfaits. Mais ils devaient se plier à une discipline collective sur laquelle ils n'avaient pas leur mot à dire. Par contre, ils n'étaient pas aussi prospères que la Commune parce que leurs ressources se limitaient aux droits qu'ils prélevaient au passage d'un pont.

Le vieux connaissait. Il posa la question :

« - Ils ont donc une monnaie ?

- Non, c'est bien ça qui les bloque. Et c'est pourquoi ce que nous faisons les intéresse.

- Vous n'avez pas peur qu'ils s'attaquent à vous ? A nous, Pardon.

- C'est pour ça que nous devons rester très vigilants. »

Cela devenait intéressant. Si on résumait, on était revenu à des structures préindustrielles qui n'allaient pas sans évoquer la situation du bas empire romain ou du haut moyen âge. Les pouvoirs centraux s'étaient effondrés, laissant place à une joyeuse anarchie et à la reconstitution progressive d'autorités locales, dont la population attendait avant tout une protection contre les bandes de brigands. Si on continuait le raisonnement, il s'agissait maintenant de savoir d'où viendraient les invasions et sur quelle autorité morale serait fondée cette renaissance. C'était de plus en plus intéressant. En attendant, la preuve était faite que l'on pouvait se passer des « bienfaits de la civilisation » industrielle, l'électricité, le pétrole et *tutti quanti*. Mais ça nécessiterait, au-delà de la nécessité de se coucher avec le soleil, une sacrée reconversion culturelle. Sans compter d'autres problèmes sur lesquels ils se promettait d'interroger le maire.

oOo

« - Monsieur le maire, je suis plein d'admiration devant ce que vous avez réalisé, mais j'ai quelques questions à vous poser.

- N'hésitez pas, ça m'oblige moi-même à réfléchir.

- Et d'abord, comment voyez-vous l'avenir ?

- Bonne question. Précisez.

- Nous sommes, vous et moi, porteurs d'une culture, de savoirs, d'une expérience, d'une mémoire, qui nous viennent du monde d'avant. Parfois, ça nous est utile, parfois nous devons nous en débarrasser. Mais demain ? Les jeunes, les enfants que je vois jouer ici dans les rues et qui n'ont pas connu le monde d'hier, sur quels savoirs, sur quelles valeurs vont-ils construire ce qui sera leur monde, et qui ne sera plus le nôtre ?

- C'est une vraie question, et je m'interroge moi-même. Chaque époque met en avant les vertus, parlons de vertus, si vous voulez bien, qui permettent de faire face au mieux aux nécessités de l'existence telle qu'elles s'imposent dans des conditions données, et donc d'assurer la survie de l'animal humain. Pour survivre comme vous nous voyez, il nous a fallu nous déshabituer de ce qui apparaissait tout naturel : la télé, le portable, l'ordinateur, la carte de crédit, la clim, la voiture, et ainsi de suite. Il nous a fallu, il vous a fallu à vous aussi, apprendre à faire du feu en se passant d'allumettes, à repérer dans la forêt ce qui était comestible et ce qui ne l'est pas, à nous garder des rats et des scorpions. Les jeunes, à partir de notre difficile expérience, devront l'apprendre à leur tour. Mais est-ce que ça veut dire que nous devons brader toute notre histoire, tout ce qui nous a amenés au point où nous en sommes, Aristote et Confucius, je ne le pense pas. C'est la raison pour laquelle nous avons commencé à constituer une bibliothèque du passé, en y recueillant les livres que nous pouvons trouver. Par contre, c'est clair que la période industrielle ne leur apparaîtra plus comme l'alpha et l'oméga de l'histoire de l'humanité.

- Je vous entends bien, mais est-ce que ça veut dire que vous allez créer une école ?

- Nous n'en sommes pas encore là. Et déjà si nous pouvons nous appuyer sur le code de règles que je vous ai demandé, ce sera un bon début. »

Le soir tombait.

« - Justement, ça me conduit au problème des valeurs fondatrices.

- De nouveau une bonne question. En tout cas, ce ne seront pas les valeurs qui nous ont conduit au désastre, que la catastrophe soit d'origine technique ou d'origine naturelle. D'ailleurs, la distinction ne veut plus rien dire. Il faudra en revenir aux valeurs d'avant la société industrielle, auxquelles je voudrais en ajouter une, primordiale, à savoir que nous devons d'abord préserver le monde dans lequel nous vivons et que nous contribuons au jour le jour à façonner… »

oOo

Se promener au milieu du marché était intéressant. Le vieux y récoltait un tas d'informations sur le monde tel qu'il était devenu, ou en train de devenir, tel qu'il se créait là sous ses yeux. Phoebus le suivait, furetant partout. Il fallut le dissuader de croquer les rôtis de rat qui mijotaient sur leur étal. Son maître découvrit que l'ancienne agence bancaire, à côté du café de la place, avait été transformée en entrepôt où les habitués du marché, moyennant une faible redevance, pouvaient stocker les invendus. L'ancien directeur de l'agence en détenait les clés, bien qu'on ne lui fît guère confiance, et il fermait soigneusement le local pour la nuit. Tréteaux et planches faisaient l'objet d'une location par l'ébéniste qui les avait fabriqués. Il croisait régulièrement les deux agents municipaux et faisait le point avec eux sur les nouvelles du moment. Il y avait toujours du nouveau. On rencontrait parfois des personnages étonnants.

Un jour, par exemple, se présenta un jeune déguenillé qui semblait à la fois complètement perdu et très sûr de lui-même. Il se présenta au vieux comme un technicien de la centrale nucléaire où avait eu lieu, expliqua-t-il, un accident majeur le jour de la catastrophe. Par bonheur, il n'était pas de permanence cette nuit là, et heureusement, car s'il l'avait été, il serait mort comme tous ses collègues. L'explosion du circuit secondaire, qui était complètement pourri. Suivie de l'explosion du circuit primaire et de l'énorme nuage qui s'était formé au-dessus du site. Les gens des alentours, qui se rendaient bien compte qu'un accident était arrivé, mais qui ne savaient pas vraiment quelles en seraient pour eux les conséquences. L'absence d'informations. La disparition des services dont on attendait une assistance : pompiers, policiers. Le téléphone qui ne sonnait plus. La panique sur ce qu'étaient devenus les proches.

Puis de plus en plus de gens étaient morts, comme brûlés de l'intérieur. Ils vomissaient, perdaient connaissance dans d'atroces douleurs. Chacun se demandait si cela ne lui arriverait à lui aussi. On ne savait que faire. Certains faisaient preuve d'un courage étonnant, ne s'inquiétant pas pour eux-mêmes, mais essayant de secourir ceux qui paraissaient atteints. D'autres criaient et couraient affolés dans tous les sens, ne sachant vers qui se tourner. D'autres encore essayaient de fuir au volant de leur voiture, se retrouvant immobilisés dans d'énormes embouteillages. Certains au contraire se terraient dans leur cave ou là où ils le pouvaient, espérant pouvoir en ressortir plus tard sans risque. Beaucoup maudissaient l'incurie des autorités, s'indignant de leur absence et de la situation d'abandon dont ils étaient victimes. Personne ne savait que faire, sinon tenter de s'éloigner du lieu d'où semblait venir le nuage.

C'était, poursuivait-il, la débandade, chacun s'efforçant de s'éloigner le plus vite et le plus loin possible, en voiture, en vélo, à pied. Tout le monde se bousculait. Certains avaient tenu à emporter un minimum de leurs affaires, qui les encombraient et les retardaient. Les enfants pleuraient. Quelques uns d'entre eux avaient perdu leurs parents. Des mères désespérées les recherchaient partout, sauf à deux pas de là, d'où eux-mêmes recherchaient leur mère. Des querelles éclataient. Des rumeurs circulaient. L'armée, disait-on, allait intervenir pour colmater la fuite. Des centres d'hébergement avaient été prévus, où des médicaments seraient distribués. Des vieux s'asseyaient sur le côté de la route, épuisés, pris de vomissements, se plaignant d'une sorte de feu interne. On les laissait là, repliés sur eux-mêmes, leur famille les délaissant afin, leur disait-on, d'éloigner le plus vite possible les petits. On reviendrait les chercher. Un jeune couple se soutenait mutuellement, espérant sauver leur bonheur et leur existence. On ne savait que faire ni où se rendre. Leur arrivée effrayait les habitants des localités où ils parvenaient. Ils n'étaient pas forcément bien accueillis, répandaient la terreur, suscitaient de nouveaux départs qui venaient grossir leurs rangs. On craignait que le mal fût contagieux et on les évitait.

Une forte averse s'était abattue, précédée d'un vent violent qui avait dispersé le nuage radioactif, ce qui réjouissait les uns mais inquiétait les autres. Tout le monde était trempé. La première nuit fut terrible. Certains la passèrent dans leur voiture, bloqués par les encombrements. Beaucoup ne savaient où se poser. On les retrouvait affalés sur le bord de la route. Ils avaient soif. Ils avaient faim. Les habitants se barricadaient, terrorisés, et refusaient souvent de leur ouvrir. Un groupe, poussé par la soif, entreprit de pénétrer dans un supermarché déserté par son personnel et en ressortit, les bras chargés de bouteilles d'eau et de quelques paquets de biscuits. Ce fut la curée. Le bord de la route était de plus en plus encombré d'effets personnels abandonnés et de mourants réclamant à boire. On ne s'occupait pas d'eux. Chacun ne pensait plus qu'à lui-même. Les membres d'une même famille se perdaient parfois de vue, semblant ignorer qu'ils ne se retrouveraient plus jamais. Plus tard viendraient les gens qui perdaient leurs cheveux, leurs dents, leur appétit et finissaient par mourir. Plus tard viendraient des bébés qui naîtraient avec deux têtes ou dépourvus de jambes, issus des mutations génétiques. Le technicien s'inquiétait : « ça, c'était dans ma centrale, ou plutôt dans la tranche numéro 2 de ma centrale, mais il y a les autres, qui ne sont probablement pas en meilleur état ; qu'est ce qui va se passer, en l'absence de maintenance ? »

Entendant cela, le vieux sentit le pincement au côté qu'il connaissait si bien le reprendre. Il s'éloigna. Un autre groupe s'était formé autour d'un couple d'assez belle apparence, plutôt jeune, correctement vêtu selon les critères du moment, et qui présentait sa propre expérience à ceux qui l'interrogeaient avec curiosité. Ils avaient été étonnés, disaient-ils, par l'étendue du désastre et par les décombres de l'ancien monde qu'ils découvraient partout où ils étaient passés au cours de leur périple. Ils venaient d'une région de l'est où ils vivaient relativement bien mais, originaires de l'ouest et amoureux de l'océan et du bruit des vagues, ils avaient décidé de s'y rendre, imaginant trouver une situation identique à celle qu'ils avaient abandonnée.

« - Chez nous non plus, il n'y a plus d'électricité, plus de téléphone, plus rien de la vie moderne qui allait de soi autrefois. Beaucoup de gens on eu du mal à s'adapter, mais globalement nous y sommes parvenus, avec les moyens du bord. Et donc, la vie a repris, même si c'est sur des bases différentes. »

Il fallait tenter d'expliquer pourquoi. Il apparut d'abord que les pouvoirs publics locaux avaient tenu le coup. Il existait une organisation, comme c'était le cas de la Commune libre de la renaissance, mais qui s'étendait au-delà des limites de la ville, ou du village. Les agents des services publics étaient restés à leur poste. On avait pu rétablir des lignes de communication, même si c'était en mode dégradé. Les tentatives de pillage étaient restées limitées et elles avaient été sévèrement réprimées. Il y avait une autre raison possible. La région était beaucoup moins impactées que d'autres, sinon par les moyens matériels de la civilisation industrielle, du moins par l'état d'esprit qui les sous-tendait. Le traumatisme n'avait pas été tel que les gens auraient cédé à la panique. Certains affirmaient qu'ils n'étaient pas étonnés par ce qui arrivait, qu'ils avaient toujours dit que la politique venue de la capitale ne leur inspirait rien de bon. Ils pensaient surtout que la panne avait été géographiquement limitée, que l'on y trouverait bien un remède quelconque, que la vie reprendrait son cours comme avant.

Tout cela était très intéressant. Les voyageurs de passage furent logés à la maison des hôtes et la conversation se poursuivit au bar de la place.

« - Est-ce que vous ne craignez pas de reproduire le modèle qui nous a conduit là où nous en sommes ?

- On ne peut pas tout rejeter et revenir à l'âge de la pierre ! Mais il faudra faire le tri.

- Je suis bien d'accord, mais qui procédera à ce tri ? Ce que je crains, c'est que les comportements ne se perpétuent, que les réflexes perdurent et que tout recommence comme avant ! Par contre, tout ce qui a fait notre culture, jusqu'à l'âge de l'industrie, comment allez-vous pouvoir le préserver ? Il reste certes des livres, mais vous ne pouvez pas en éditer de nouveaux. Le savoir scientifique risque de se perdre et… »

Ici, le nouveau venu l'arrêta.

« - Le savoir scientifique, comme vous dites, ne fait-il pas partie de ce qui nous a conduit là où nous sommes ? C'était une idole, avec ses prêtres et ses temples, que nous n'avons pas nécessairement envie de reprendre à notre compte.

- Je comprends bien, mais quels temples de substitution proposez vous ?

- Une religion ne se décrète pas. Elle se fonde sur quelques convictions, mises en avant par un prophète, ou plusieurs prophètes, qui sont adoptées, codifiées, plus ou moins imposées, que ce soit par la force ou par le conformisme. Peut-être que nous attendons le prophète des temps nouveaux ?... »

La nuit venait et il n'y avait pas de lampadaires pour éclairer la conversation. Il faudrait la reprendre le lendemain. Le vieux mit du temps à s'endormir. Les réflexions se bousculaient dans sa tête. Il apparaissait que la catastrophe avait été générale, mais qu'elle avait été plus ou moins profonde selon les lieux. A approfondir. Par ailleurs, si la région d'où venaient ses interlocuteurs avait été plus préservée que d'autres, c'est là que sa compagne, si elle était toujours vivante, si elle en avait eu connaissance et si elle en avait la possibilité, se dirigerait très certainement. Cela faisait beaucoup de « si », mais en attendant, il n'avait pas de meilleure piste. Il faudrait donc qu'il s'y rende lui aussi.

On frappait à sa porte. C'était son interlocuteur.

« - J'ai aussi quelque chose à vous dire. »

Il s'arrêta un instant.

« - Si vous voulez vous rendre là d'où je viens et j'ai bien compris que c'était le cas, sachez que ce n'est pas tout près. Mais je vous donnerai une introduction. Cela ne vous sera peut-être pas inutile. »

Il disparut silencieusement dans l'ombre .Le lendemain, une feuille de papier l'attendait sous sa porte : « direction est-sud-est. A environ 500 km d'ici, vous trouverez un pays de hautes collines. C'est là. En cas de problème, dites aux autorités que vous venez de la part de Philibert et Laurianne. On nous connaît. Bonne chance. »

Quand il voulut les remercier, il constata qu'ils étaient déjà repartis.

6 – La quête

> « O Déméter
> Source de toute vie
> Qui nourrit les plantes
> Les animaux terrestres
> Les animaux marins
> Les oiseaux du ciel
> Et tout ce qui vit sous le ciel
> Pardonne aux hommes tout le mal qu'ils t'ont fait
> Pardonne aux hommes leur arrogance et leur insouciance
> O Déméter
> Protège les hommes de leur orgueil
> Protège les hommes de la maladie
> Apporte leur la paix avec tout ce qui les entoure
> O Déméter
> Source de toute vie
> Bénie soit Déméter
> Et paix au Maître qui nous l'a fait connaître. »

Ils étaient une cinquantaine, hommes, femmes et enfants, vêtus de longues tuniques blanches qui leur descendaient jusqu'aux pieds, à psalmodier ainsi, debout, paume des mains tendues vers le ciel, l'air extatique, dans la salle polyvalente de ce qui avait été un village et qu'ils avaient réquisitionnée afin de leur servir de lieu de culte. Face à eux, un homme aux cheveux blancs noués en queue de cheval, pansu, à la large face cramoisie, que distinguait un pectoral fait d'un miroir circulaire. Un gong sonna la fin des litanies. Tous passèrent devant lui, en file indienne, s'inclinant au passage.

Dès le lendemain de sa rencontre avec Philibert et Laurianne, le vieux avait décidé de quitter la Commune où il avait été si généreusement accueilli. Ils avait pris rendez-vous avec le maire et lui avait remis le produit de ses travaux : quelques principes juridiques simples sur la base desquels juger les différends, les incivilités ou les délits, s'il s'en produisait. Le tribunal serait constitué de trois membres du conseil municipal, dont le mandat, pour un délai fixé d'avance, serait irrévocable dès lors qu'ils auraient été nommés. La citoyenneté serait acquise par un temps minimum de présence et par une participation aux tâches d'administration de la commune. Il ne s'agissait surtout pas de reproduire les lois et les règlements compliqués de l'ancien monde mais de se donner quelques règles simples permettant de vivre ensemble dans les nouvelles conditions de vie qui s'étaient imposées.

Ayant reçu sa solde en monnaie locale, il se prépara pour un voyage qui risquait d'être un peu long. Il fit coudre à ses chaussures une bonne semelle de pneu et renforcer ses vêtements aux genoux et aux coudes, passa se faire couper les cheveux et la barbe, qui n'avaient reçu aucun soin depuis son départ, acheta sur le marché un matelas de mousse qui se roulait ainsi qu'une couverture, une gamelle et tout ce qui pouvait être utile à quelqu'un qui se préparait à camper. Y compris une boussole et une loupe en vue de faire prendre le feu au soleil. Et quelques petits objets comme monnaie d'échange si ça lui était nécessaire. Mais il renonça à la bicyclette, qui risquait de susciter des envieux et de lui valoir des problèmes. Le maire l'avait laissé partir avec regret.

C'est donc à pied qu'il se mit en route dans la direction qui lui avait été indiquée. Phoebus semblait de réjouir de voir du paysage. Sur la grand route, ils croisaient quelques voyageurs, isolés ou en petits groupes, qui se rendaient au marché ou en revenaient. On échangeait quelques mots. Il leur arriva ainsi de croiser une étonnante caravane de chameaux chargés de marchandises, qu'accompagnait une petite troupe d'hommes en longue djellaba bleue, coiffés d'un chèche sombre de même couleur. Dans ce monde nouveau, il ne s'étonnait plus de rien. Parfois le reprenait ce pincement au côté. Plusieurs jours se passèrent ainsi. Le soir, l'homme et son chien cherchaient un endroit à l'écart pour passer la nuit. Ils vivaient sur leurs provisions, mais il leur arriva à plusieurs reprises de tomber sur un étal disposé en bordure de route et qui proposait des fruits, des légumes bouillis ou même de la viande grillée.

Et voici qu'un matin, ils furent rejoints par un étrange personnage, vêtu d'une tunique blanche et qui s'exprimait en termes alambiqués.

« - Salut à toi. La paix de Déméter soit sur toi.

- Bonjour. Mais qu'est-ce que vous voulez dire ?

- Je vois que tu ne connais pas la voie de la sagesse et du renouveau.

- Et quelle est-elle, selon vous ?

- Tu dois abandonner tes vieilles croyances. Ce sont elles qui nous ont conduits au désastre dont nous subissons aujourd'hui les conséquences. L'idée absurde selon laquelle la science et la technologie pourront tout résoudre. L'idée d'un orgueil sans nom selon laquelle le progrès va de soi dès lors que l'on respecte les prétendues lois économiques. La conception d'un bonheur qui serait fondé sur la seule accumulation de biens matériels. L'insouciance pour tout ce qui nous entoure, et notamment pour les dégâts que nous causons à ce que nous appelons notre environnement, comme si nous étions extérieurs à lui, au-dessus de lui et de tous les êtres vivants qui peuplent la terre à nos côtés. Repens-toi et rends hommage à Déméter, sans laquelle rien ne vivrait sur terre. »

L'homme faisait partie d'une sorte de communauté monastique dédiée au culte de la déesse de la terre.

« - Nous sommes encore peu nombreux, mais des hommes, des femmes, ne cessent de venir vers vous. Ils ont compris qu'ils étaient dans l'erreur. Que ce sont leurs croyances erronées qui nous ont conduits au désastre. Que l'homme n'a pas été placé au milieu de la création comme seigneur et maître de la nature. Qu'il lui faut cohabiter avec tous les autres êtres vivants. Respecter et louer Déméter. Nous essayons de les désintoxiquer. De leur faire comprendre que l'on peut vivre en se passant d'une voiture, du téléphone, de la télévision, de la climatisation. D'ailleurs, maintenant, ils y sont obligés. Mais il leur faut comprendre que de qui allait de soi pour eux dans l'ancien monde était le produit de leurs croyances, qu'ils cherchaient à imposer à l'humanité toute entière et dont ils faisaient subir les conséquences à tous les êtres vivants. Des croyances erronées. Dans le progrès sans fin. Dans les merveilles de la science. Dans le confort matériel pour tous. Parmi eux, ceux qui se recommandent du christianisme, ou qui ont été formés sous son influence, doivent apprendre à reconnaître ce que celui-ci comporte à la fois de limité et d'illusoire. Que l'homme a peut-être été formé à l'image de leur dieu, mais que c'est également le cas de tous les êtres de la terre. Et que la terre doit être respectée. »

« - Viens avec moi, poursuivit-il, je te ferai reconnaître la communauté du renouveau. »

Le vieux se dit qu'en effet, ce pourrait être intéressant. La catastrophe avait jeté sur les routes de centaines de milliers, peut-être des millions, d'hommes et de femmes dont toutes les certitudes s'écroulaient. Leurs certitudes d'autrefois, c'était l'espoir de vivre mieux, ou de vivre encore mieux, selon les critères de l'époque. Ils avaient assisté à l'effondrement du contexte matériel, économique, politique, professionnel, qui pour eux allait de soi. C'était désormais la nécessité de faire face à un contexte complètement nouveau pour eux, auquel ils étaient d'autant moins préparés que leur mode de vie était plus dépendant de ce qu'ils appelaient le progrès. Ils étaient perdus, désemparés. Beaucoup, incapables d'affronter les nouvelles réalités, avaient fini par perdre la vie. Il était compréhensible que certains d'entre eux se soient mis à la recherche de nouvelles certitudes, de nouvelles raisons de vivre, et surtout, de nouvelles raisons de croire afin, par l'intermédiaire de leur croyance, de donner un sens à l'Apocalypse qu'ils avaient vécu.

Chemin faisant, ils se rapprochèrent de ce qui semblait un hameau comme tant d'autres. Dès que l'on se fut aperçu de leur approche, une petite délégation s'avança vers eux en chantant pour leur souhaiter la bienvenue. Une jeune femme le conduisit à ce qui serait sa chambre et lui apporta une collation de fruits, lui donnant rendez vous pour le culte qui aurait lieu un peu plus tard.

> « O Déméter
> Source de toute vie
> Qui nourrit les plantes
> Les animaux terrestres
> Les animaux marins
> Les oiseaux du ciel
> Et tout ce qui vit sous le ciel
> Pardonne aux hommes tout le mal qu'ils t'on fait. »

Les invocations terminées, son hôte vint à lui.

« - Le Maître souhaite te rencontrer ».

Comme il s'en doutait, il s'agissait du gros homme qui avait conduit la cérémonie.

« - Merci pour votre accueil.

- Bienvenue dans la communauté du renouveau. »

Il revint sur la nécessité de se purifier, de se débarrasser des idées fausses qui avaient conduit l'humanité là où elle se trouvait maintenant, de se soumettre aux lois de Déméter, de respecter toutes les formes de vie en laquelle elle s'incarnait. L'homme devait faire preuve d'humilité et s'abstenir de prétendre soumettre la réalité à sa volonté. C'était au contraire en se conformant à la volonté de Déméter qu'il atteindrait la grande harmonie de l'existence. Bien entendu, on ne ferait pas pression sur lui. Il pourrait rester le temps qu'il voudrait et, comme c'était d'ailleurs probable, se joindre ensuite à la communauté.

« - J'ai bien compris les convictions qui vous animent et, moi-même, je suis le premier à regretter les dérèglements qui nous ont conduits à la catastrophe. J'honorerai volontiers votre invitation afin de mieux apprécier votre démarche. »

oOo

L'histoire du pectoral était liée aux origines de la communauté. L'homme qui l'avait abordé sur la route le lui expliqua :

« - Quand le Maître était arrivé ici, il n'était pas très sûr de sa vocation. C'est alors qu'une belle jeune femme se présenta. Elle séjourna quelques jours auprès de lui puis s'en alla en lui laissant le miroir circulaire qu'il porte maintenant en pendentif. Cette visite a constitué pour le Maître un signe, un appel très clair qui ne pouvait venir que de Déméter elle-même. Ce que, dans le monde d'avant, certains auraient appelé un miracle. »

Il fut invité à se rendre au repas, qui se prenait collectivement, dans une sorte de réfectoire, installé dans ce qui semblait être une ancienne remise. Phoebus n'était pas oublié, quoique il n'ait pas vu d'autres animaux dans le hameau. La nourriture était exclusivement végétarienne. Il n'était pas question, en tuant des poules, des lapins ou des rats pour s'en nourrir, d'offusquer Déméter en s'en prenant à l'un des multiples aspects qu'elle pouvait revêtir. Les offices, qui consistaient en litanies psalmodiées ensemble, avaient lieu deux fois par jour, le matin et en fin d'après-midi. Le reste du temps, chacun vaquait à ses occupations. Les travaux de maraîchage semblaient constituer la principale activité de la communauté.

La propriété individuelle, qui était à l'origine de la recherche du profit et qui avait conduit l'ancien monde à la ruine, avait été abolie, lui expliqua-t-on.

Chacun contribuait librement, selon ses capacités, aux travaux engagés en commun. Si, par paresse, un membre de la communauté y mettait trop peu d'empressement, il se faisait réprimander publiquement. Cela suffisait généralement à l'amender. Dans les cas les plus extrêmes, mais on n'en avait compté que deux ou trois depuis le début, il en était chassé. Les enfants étaient également élevés en communauté. Ils participaient selon leur âge aux travaux collectifs. Quelques adultes avaient été chargés de veiller sur leur éducation. En particulier, ils devaient leur enseigner les lois imposées par Déméter et la nécessité, pour leur bien, de s'y conformer.

Le soir, ils pouvaient rejoindre leurs parents, mais ce n'était pas toujours le cas. Certains vivaient dans des dortoirs qui avaient été aménagés à leur intention. Les couples vivaient chacun chez soi mais ils n'étaient pas propriétaires de leur habitation. Le mariage ayant été aboli, il arrivait qu'ils se défissent aussi vite qu'ils s'étaient formés. Les nouveaux venus, comme le vieux, étaient généreusement accueillis. Ayant compris le bien fondé des convictions qui animaient la communauté, ils ne tardaient pas à s'y fondre. Quelques grandes fêtes rythmaient l'année : le solstice d'été, le solstice d'hiver. Elles étaient l'occasion de réjouissances : jeux, danses, représentations théâtrales. Bien sûr, il fallait se défendre contre les risques d'intrusion, venant des maraudeurs, qui étaient nombreux. Mais ils savaient qu'il n'y avait pas grand-chose à voler et la communauté n'avait jamais eu à faire usage des quelques armes à feu que le Maître maintenait à l'abri chez lui.

Tout cela semblait éminemment sympathique. Et même trop beau. C'était l'Abbaye de Thélème. Le vieux cherchait à voir ce qu'il y avait derrière le rideau. L'apparente égalité entre les membres de la communauté ne dissimulait-elle pas l'existence de privilèges ? Il percevait parfois, sans pouvoir les préciser, ce qui lui semblait être l'indice de dissonances. Un regard inquiet. Une conversation furtive. Un soir, la nuit tombée, il vit une jeune femme entrer furtivement dans la maison du Maître. La scène se reproduisit plusieurs soirs d'affilée, mais pas toujours avec la même. Il constata également qu'il ne prenait pas toujours ses repas au réfectoire, mais qu'on les lui servait chez lui. Il paraissait entretenir des relations d'intimité avec deux ou trois membres de la communauté, tous des hommes d'âge mûr, qui se rendaient dans le pavillon qu'il occupait en vue de longs conciliabules. Tout à fait par hasard, dans un puits désaffecté à l'écart du hameau, il découvrit une accumulation de bouteilles vides, d'alcool et de vin. La réalité ne correspondait pas exactement aux apparences.

Un jour, se promenant seul dans le verger, il tomba sur une jeune femme en larmes. C'était l'une de celles qu'il avait vu entrer à la nuit chez celui qui se disait le Maître. Elle chercha à se dérober. Mais par sa présence sur le chemin d'accès, elle s'en trouvait empêchée.

« - Qu'est ce qui vous arrive ? »

Elle semblait très effrayée.

« - Surtout ne dites à personne que vous m'avez rencontrée.

- Promis. Mais dites moi ce qui ne va pas ?

- Vous avez promis ?

- Oui.

- Ce n'est plus possible. Plus possible.

- Quoi ?

- il veut que j'aille le rejoindre ce soir, ce gros porc. J'en ai marre de coucher avec lui. C'est du viol.

- Et si vous dites non ? »

Ses larmes redoublèrent.

« - Il trouvera une bonne raison pour me séparer de mon bébé. Il l'a déjà fait pour d'autres.

- Et le père de votre bébé, il ne dira rien ?

- Ici, tous les hommes sont les pères de tous les bébés. »

Il resta quelques secondes sans parler. Il réfléchissait.

« - Il faut vous tirer d'ici. Et vite.

- Ce n'est pas possible. Lui et ses sbires, ils surveillent tout.

- Vous trouverez bien quelqu'un pour vous aider ?

- Non. Ici, tout le monde se méfie de tout le monde.

- Bon, je vois. Alors vous allez partir avec moi cette nuit.

- Mais mon bébé ?

- Avec le bébé.

- Pour aller où ?

- On verra ça après. Pour l'instant, l'urgent, c'est de se tirer.

- Et s'ils nous poursuivent ?

- Mon chien leur expliquera qu'il vaut mieux pas pour eux.»

La nuit venue, et même bien avancée, ils se retrouvèrent à l'heure et à l'endroit convenu. Ils coupèrent à travers bois, se disant que si l'on découvrait leur disparition, on se dirigerait vers la route, croyant les y trouver. Le plus difficile fut d'obtenir que Phoebus et le bébé s'abstiennent de donner l'alerte. Au petit matin, ils estimèrent avoir mis suffisamment de distance entre eux et leurs éventuels poursuivants pour se reposer un peu. Elle alla se mettre un peu à l'écart pour donner le sein au bébé.

Phoebus se mit à gronder. Le vieux appela la jeune femme et ils se dissimulèrent dans un fourré de bruyères. Il fallut empêcher Phoebus de s'exprimer. Quant au nourrisson, il dormait. Ce qu'ils virent alors avait de quoi épouvanter. Une triste troupe d'hommes et de femmes déguenillés, l'air hagard, certains ayant perdu leurs cheveux, d'autres étant aveugles et se tenant par l'épaule, victimes à n'en pas douter de l'accident nucléaire. Quelques uns, l'air sauvage, étaient armés de bâtons. Ils semblaient aller au hasard à travers la forêt, se nourrissant probablement de baies, de fruits et de légumes sauvages, retrouvant ce qu'avait été le mode de vie de leurs très lointains ancêtres. Ils passèrent à quelques mètres et s'éloignèrent dans le bois. Retour à la préhistoire. Etait-ce tout ce qui subsisterait de l'humanité ?

Cela donnait envie de ne pas rester là trop longtemps. Et donc, ils repartirent, retrouvant la grand route. Elle lui expliqua comment elle avait échoué dans cette secte. Dans l'ancien monde, elle était secrétaire au siège de la compagnie électrique. Elle raconta qu'elle était restée bloquée huit jours au $38^{\text{ème}}$ étage de la tour sur la foi d'un communiqué de presse rédigé par son président, qui expliquait que le courant serait rapidement rétabli et que toutes les équipes de l'entreprise y travaillaient d'arrache pied. Elle n'avait d'ailleurs pas pu le taper, faute, justement, de courant électrique ; son patron en avait été furieux ; « inadmissible », répétait-il en boucle. Il avait dû s'engager dans les escaliers pour descendre et on ne l'avait jamais revu. Elle avait survécu grâce aux provisions entreposées dans l'office qui jouxtait la salle à manger personnelle du président, et elle y avait déniché d'excellents vins.

C'était d'ailleurs les derniers qu'elle ait eu l'occasion de déguster. Comme toute la population, elle s'était enfuie d'une ville devenue invivable. Au-delà de la véracité des communiqués de presse, ses certitudes sur le sens de l'existence se trouvaient ébranlées. Elle avait rencontré un homme en blanc. Il lui avait expliqué qu'il lui faudrait renoncer à ses croyances et aux habitudes qui avaient conduit l'humanité au désastre afin de se tourner vers Déméter. Elle était venue, croyant avec naïveté qu'elle pourrait poser son sac dans une communauté fraternelle. Ce n'est que plus tard qu'elle s'était rendue compte du piège dans lequel elle était tombée. Mais il était trop tard. Elle se disait que ce n'était plus possible de vivre ainsi mais elle repoussait toujours au lendemain le départ que pourtant elle savait nécessaire. Elle remerciait le vieux de l'y avoir obligée.

oOo

En attendant, celui-ci s'interrogeait sur ce qu'il pourrait faire à son égard. L'ayant tirée de la secte, il se sentait une responsabilité vis-à-vis d'elle sans pour autant songer à ce qu'elle l'accompagne jusqu'au terme de son voyage. Le mieux serait donc de lui trouver un lieu où se poser. La Commune libre aurait été parfaite. Mais existait-il d'autres lieux de ce genre ?

La chance vint à son secours. Ils arrivèrent à un village que dominait un imposant édifice. Une haute construction de granit de style néo-gothique dominant une calme rivière. Et donc ils s'approchèrent de ce qui semblait être une porterie aménagée dans un haut mur. Après qu'il ait sonné une cloche, un guichet s'ouvrit et un regard soupçonneux se montra. Ayant vérifié qu'ils étaient seuls, l'homme fit jouer un verrou et les introduisit dans une petite pièce qui semblait servir de sas. Ayant refermé la porte extérieure, il leur posa quelques questions sur leur identité et la raison de leur présence en ce lieu. Sans doute satisfait par les réponses, il choisit une grosse clé parmi celles d'un trousseau qui pendait à sa ceinture et ouvrit une porte intérieure, qui donnait sur une sorte de cour. Devant, l'entrée d'une église ; à droite, quelques bâtiments percés de petites fenêtres. Il comprit qu'il se trouvait dans un monastère.

Ils furent conduits dans l'annexe qui servait de logis pour les hôtes et deux chambres leur furent attribuées. Au bout de quelques instants, un jeune moine, vêtu d'une robe noire un peu râpée mais propre, se présenta à eux. Il écouta leurs deux histoires. Pour la jeune femme, il proposait une solution. Le monastère gérait un certain nombre de centres d'accueil dans les environs où elle pourrait se rendre utile. En attendant, ils étaient les bienvenus.

Le vieux interrogea :

« - Vous dites, des centres d'accueil ?

- Oui, voyez-vous, après la catastrophe, beaucoup de jeunes ont rejoint le monastère. Cela a été mon cas, d'ailleurs. Nous étions désemparés par ce qui s'était produit et toutes nos certitudes s'en allaient en fumée. Nous cherchions notre voie. Nous sommes venus ici et nous avons trouvé des bases solides sur lesquelles construire notre avenir, sur le plan personnel et collectif. Nous nous sommes demandés ce que nous pourrions faire pour être utiles à la population, ou à ce qui en restait. Et c'est comme cela que nous avons commencé à implanter des centres d'accueil. Rien de grandiose. Simplement un endroit où les gens peuvent se reposer, et même séjourner quelques jours ou quelques semaines, le temps de se reconstruire intérieurement et d'apprendre ce qui leur serait indispensable pour leur survie dans le monde tel qu'il est aujourd'hui.

- Vous les soignez ?

- Non, pas comme vous le croyez ; les médicaments industriels appartiennent au passé. Nous les prenons en charge sur le plan psychologique, pour les aider à surmonter le traumatisme dont ils ont été victimes, comme vous, comme moi. Et nous essayons de remettre au goût du jour de vieilles techniques d'avant l'ère industrielle : la relaxation, la méditation, certaines plantes médicinales. Des méthodes efficaces, mais qui avaient été oubliées. Les gens des villages, les vieux, surtout, nous apprennent beaucoup. Tout cela était ignoré et méprisé. Pour nous, c'est une redécouverte.

- Si je comprends bien, vous redécouvrez aussi ce que fut le rôle des monastères après l'effondrement de l'empire romain. Est-ce bien cela ?

- Exactement. D'une part, nous essayons de contribuer à la reconstruction d'une vie sociale avec nos centres d'accueil, de l'autre, nous nous sentons dépositaires d'un patrimoine spirituel et culturel. Nous accordons beaucoup d'importance à l'entretien de notre bibliothèque, qui vaut bien celle des universités d'avant l'Apocalypse. En plus, le monastère a bien fait de ne pas trop s'aventurer dans la digitalisation des documents. Nous aurions tout perdu.

- Encore une question : estimez-vous que le christianisme soit une réponse aux maux de l'humanité présente ? »

Le jeune moine éclata de rire.

« - Vous, vous allez directement à l'essentiel. Les centres d'accueil sont une première réponse. Si on va plus loin, il y a la question de la foi. Ce n'est pas nouveau. Mais au-delà, il y a débat entre nous. Certains estiment qu'il faut maintenir intact le message évangélique et les rites qui ont permis de le véhiculer. Le problème, c'est que nous ne savons même pas s'il existe encore une institution qui ressemblerait à l'Eglise dont nous faisions partie. Nous sommes totalement isolés et nous devons faire comme si l'autorité pontificale existait encore. D'autres parmi nous estiment qu'il faut revenir au message originel de Jésus de Nazareth et tout reconstruire sur cette base, en ignorant l'édifice ecclésial, qui l'a déformé, disent-ils, et qui s'est montré incapable d'éviter la catastrophe.

- Oui, mais vous ne connaissez Jésus qu'à travers ce que vous en rapporte la tradition.

- Et donc, la question est de savoir jusqu'où il faut revisiter nos certitudes.

- J'ai rencontré, à travers mes pérégrinations, des religieux qui disaient la même chose en partant du Coran. Les traditions dont nous avons hérités sont-elles adaptées au monde dans lequel nous nous retrouvons ? Et au-delà de leur fonction d'opium du peuple, ou de moteur pour l'action, il s'agit, me semble-t-il, de savoir quel est leur degré de vérité.

- J'en ai personnellement bien conscience. Est-il possible, à partir du message évangélique, épuré de tout ce qui y a été introduit par la suite, notamment par Saint Paul, d'accéder à une vision qui présenterait réellement un caractère universel ? »

La cloche de l'église avait commencé à sonner, appelant à l'office. Le vieux s'y rendit. Le chant grégorien avait certainement une valeur thérapeutique, que l'on ait la foi ou non. Il ne voulait pas s'en priver. Mais était-ce pour les raisons que mettait en avant son hôte ? *that is the question*, se dit-il.

oOo

La conversation avait repris un peu plus tard. Mais ils avaient atteint le point de rupture. Le message évangélique, persistait son hôte, devait apporter une réponse universelle aux problèmes qui se posaient à l'humanité ou à ce qui en restait. Lui-même estimait qu'il présentait désormais un caractère provincial et qu'il ne pourrait pas rallier les populations diverses auxquelles il s'adressait. Allait-on les obliger à croire, ou du moins à faire semblant de croire, comme à l'époque des colonies ? Ceci sans compter les nombreux archaïsmes qui étaient consubstantiels au christianisme. L'abbaye, en l'attente d'une reprise de contact avec son centre spirituel, se croyait obligée d'obéir aux prescriptions d'avant la catastrophe. Des gens sympathiques, se disait-il, pleins de bonnes intentions, mais qui ne représentaient certainement pas, face à la quête de sens, la réponse universelle qu'ils croyaient apporter. Et d'ailleurs, y en avait-il une ?

Ayant repris la route avec Phoebus sur les talons, il lui arrivait parfois de camper, parfois de loger dans un village. Des gargotes se présentaient çà et là. Il y payait sa nourriture en proposant en contrepartie l'un ou l'autre des menus objets dont il s'était muni pour cela : couverts et gobelets. Un jour, le restaurateur, particulièrement honnête, voulut lui rendre la monnaie. Et là, surprise : des pièces de monnaie frappées de la lettre P entourée d'un cercle. L'usage en semblait familier à son hôte. C'est donc probablement qu'il approchait du but de son voyage.

Un autre jour, il parvint à un enclos étrange. Un vaste terrain entouré d'une double rangée de hauts grillages. Phoebus reniflait : sans doute y avait-il des chiens entre les deux. Un terrain militaire ? Cela n'expliquait pas que les clôtures, manifestement, aient fait récemment l'objet d'un entretien soigneux. Ce n'était donc pas une friche industrielle ou militaire. Un alignement de petits bâtiments en bon état était visible.

Des gens allaient et venaient. L'homme et son chien s'avancèrent donc vers ce qui semblait l'entrée du site. Encadrée par deux miradors, elle semblait sérieusement gardée. Le vieux était de plus en plus intrigué.

« Veuillez vous présenter les mains en l'air », lui cria la sentinelle. C'était du sérieux. Il s'exécuta, fut palpé et son sac fouillé.

« - Vous nous excuserez, mais nous nous méfions des intrusions. C'est plein de rodeurs, par ici. Installez-vous dans le pavillon de réception. On viendra vous accueillir dans quelques instants. »

Ce ne fut pas bien long. Une jeune femme se présenta.

« - Deborah, chargé de l'accueil des nouveaux arrivants ».

Il lui fallut subir un long interrogatoire. Qui était-il ? D'où venait- il ? Où allait-il ? Quels étaient les motifs de son voyage ? Il s'efforça de répondre à son interlocutrice. Ce n'était pas fini. Elle lui demanda quel était son métier dans le monde d'avant, quelle était sa formation, quels étaient ses diplômes. De plus en plus intrigué, il répondit comme il aurait répondu, dans le monde d'avant, à un entretien d'embauche. Les questions, du reste, étaient tout à fait pertinentes.

Comme s'il s'agissait de savoir ce qu'on allait faire de lui. Après quoi elle s'expliqua enfin sur tout ce que cela signifiait.

« - Vous êtes ici au siège du CIRI, le Centre International de Recherches Interdisciplinaires. Nous rassemblons des experts de toutes les disciplines et notre raison d'être est de comprendre les causes du cataclysme dont nous avons été les victimes, de faire un état de la situation et d'examiner comment nous pouvons remédier à tout ce qui s'est passé afin de reconstruire notre civilisation.

- Passionnant.

- Oui, passionnant, et déterminant pour notre avenir. Vous allez être reçu à la maison des hôtes et, compte tenu de votre spécialité et de votre niveau d'expertise, il est probable que nous vous demanderons de vous joindre à nous. Mais ça, je ne pourrai vous le confirmer qu'après la réunion de notre conseil scientifique, qui se tiendra dans deux jours. D'ici là, je vous suggère de vous informer sur notre activité et sur notre organisation. L'un des membres de notre collectif d'accueil va s'occuper de vous. »

Un jeune homme, T-shirt bariolé, jeans et tongs se présenta. Il était, dit-il, doctorant en astrophysique et achevait une thèse sur les orages solaires et leurs effets sur le magnétisme lunaire. Il était chargé de veiller sur le confort du nouvel arrivant. Le vieux en profita pour l'interroger, ce qu'il n'avait guère eu le loisir de faire avec Deborah.

« - Vous êtes sur le campus du CIRI. Notre raison d'être, après le terrible cataclysme dont nous avons été victime, est de travailler à la reconstruction d'une humanité civilisée et capable de restaurer les fondamentaux du progrès humain. Pour cela, il faut essayer de comprendre ce qui s'est passé, établir un état des lieux de la situation actuelle, rassembler les moyens disponibles afin d'entreprendre de reconstruire ce qui a été détruit. Nous sommes une centaine de chercheurs, auxquels s'ajoutent quelques praticiens particulièrement qualifiés, comme le président de la compagnie d'électricité, à quoi il faut ajouter environ deux cent personnes chargées de l'intendance. Une centaine de chercheurs, c'est très peu, mais progressivement notre communauté s'enrichit de nouveaux arrivants, comme vous. Par ailleurs, nous manquons terriblement de moyens. Non seulement il n'y a plus de courant électrique, mais nous manquons de papier. C'est pourquoi nous sommes obligés d'inventer de nouvelles méthodes de travail, essentiellement fondées sur l'interactivité et la *disputatio* chère à Cicéron.

- Intéressant, mais dites-moi, vous parlez d'un cataclysme, non d'un accident ?

- Oui, bien sûr, nous ne sommes pas sûrs que ce qui s'est passé soit d'origine humaine. Un simple accident nucléaire n'aurait pas eu d'effets à l'échelle mondiale. Ce n'avait pas été le cas des catastrophes de Tchernobyl et de Fukushima. Il y a donc une autre cause au cataclysme, et elle est d'origine naturelle.

- Je m'excuse, mais vous semblez considérer ce que vous appelez la nature comme une réalité indépendante de toute intervention humaine. Or, ce n'est pas le cas. L'ère industrielle a eu pour effet de modifier les équilibres sur lesquels reposait la relative stabilité des climats. Avant même l'ère industrielle, l'agriculture a eu pour effet de redessiner les paysages. Quand nous parlions d'aménagement du territoire, en termes administratifs, c'était bien dans le dessein de reconfigurer les espaces naturels. Vous semblez vous placer dans la posture classique du physicien qui met un objet inanimé sous son microscope. Or, vous savez mieux que moi qu'il est tenu pour acquis, en physique quantique, que l'observation a pour effet de modifier l'objet observé, et même que l'objet observé n'existe que par les techniques mises en oeuvre pour l'observer ! »

Il marqua une pause, et le jeune doctorant en profita pour ajouter :

« - Il n'empêche qu'il y a les phénomènes voulus par l'homme et ceux qui lui échappent. Or, pour l'instant, ce qui s'est produit nous échappe. »

- C'est donc que le savoir scientifique a ses limites par rapport aux réalités.

- Oui, mais nous pouvons le faire progresser, et c'est même notre raison d'être que de porter plus loin les limites de la science. »

Ils en restèrent là, l'heure du repas, qui se prenait dans une sorte de cantine, était arrivée. Ce que son interlocuteur avait appelé un campus, même dépourvu d'électricité et d'eau courante, était confortable, agrémenté de jardins. L'enceinte renfermait même un potager, un verger, des poulaillers et un enclos pour les lapins. A peu près tout ce que l'on consommait était produit sur place, de sorte que le campus pouvait perdurer dans une relative autarcie par rapport à l'extérieur.

Deborah, qui l'avait accueilli, reparut deux jours plus tard.

« - Bonne nouvelle pour vous ! Le conseil scientifique est très heureux de votre présence ici et souhaite vivement votre collaboration à nos travaux. Pour commencer, le groupe de recherches PEP – Perspectives et Prospective - aimerait vous entendre cet après-midi afin de recueillir votre vision sur la situation et sur son évolution possible. Je viendrai vous chercher. »

oOo

Le groupe de recherche était composé d'une dizaine de personnes réunies autour d'une classique table en U dans une salle malheureusement dépourvue de climatisation. Chacun se présenta, insistant sur son parcours académique, sur la chaire qu'il occupait ou sur le laboratoire dont il faisait partie, et bien entendu sur la nature de ses travaux. Le vieux se présenta sobrement et remercia les membres du groupe pour leur accueil, s'excusant par avance du caractère approximatif de ce qu'il allait dire, faute d'avoir pu vérifier certaines données dans des ouvrages qu'il n'avait plus à sa disposition.

« - Quand la catastrophe s'est produite…

- Le cataclysme, si vous voulez bien…

- Quand ce que vous appelez le cataclysme s'est produit, l'humanité se trouvait à un point de bifurcation. Il apparaissait clairement que la croissance que nous avions connue ne pourrait se poursuivre, au moins sur les mêmes bases. Et pourtant, elle se poursuivait sans que soient prises en considération les nombreuses observations scientifiques laissant craindre les effets de plus en plus ravageurs du changement climatique. »

On voulut l'interrompre, mais cette fois il poursuivit.

« - La perspective d'une telle bifurcation, pour reprendre le langage de Prigogine, s'est déjà présentée à plusieurs reprises dans l'histoire de l'humanité. En Chine, la dynastie des Song du sud représentait une civilisation particulièrement brillante, au point qu'on ne pouvait alors imaginer qu'elle pourrait disparaître. Et pourtant, les Mongols avaient déjà occupé le nord de la Chine et venaient de parvenir aux rives du Yang Tse. La logique eut exigé une action militaire vigoureuse afin d'éloigner le danger qu'ils représentaient. Il n'en fut rien et la vie se poursuivit comme si de rien n'était jusqu'au jour où les Mongols traversèrent le fleuve et s'emparèrent de la capitale Nankin, mettant fin à la dynastie des Song du sud. L'information sur le désastre à venir n'est donc pas suffisante pour conduire à une action collective visant, pour une société, à tenter de s'en préserver...

- Il n'empêche que les Mongols ont poursuivi sur des bases à peu près identiques la civilisation au sein de laquelle ils venaient de faire irruption.

- C'est vrai, mais je vais maintenant prendre un autre exemple : celui de la fin de l'empire romain. Je ne vais pas épiloguer sur ses causes, qui depuis Gibbon sont bien connues et qui a fait l'objet de larges controverses. Ce que je retiendrai, c'est qu'il a laissé place à une humanité fragmentée, à une population diminuée en nombre, à beaucoup de désordres et d'insécurité, à des tentatives de reconstruction à l'identique, à des îlots de maintien de l'ordre, au rôle défricheur des abbayes, et finalement à l'invention de nouvelles formes politiques. Et nous en sommes là... »

Une discussion s'engagea. Certains l'approuvaient. D'autres manifestaient leur désaccord. L'un d'entre eux, qui se présenta comme le président de la compagnie d'électricité, prit la parole.

« - Par rapport à l'histoire de l'humanité, l'accident intervenu dans notre centrale nucléaire présente un caractère anecdotique. Il est dû, nous le savons pratiquement avec certitude, à un attentat terroriste et nous ne pouvons que regretter que la police n'ait pas été plus efficace. Mais il n'explique pas le cataclysme, qui de toute évidence est extérieur à toute forme d'activité industrielle. Votre accusation d'indifférence est donc mal fondée. Il y a des années que nous nous préoccupons de l'impact de notre activité sur l'environnement. La société que je dirige a d'ailleurs obtenu de nombreux labels écodurables. Ce qu'il nous faut maintenant, c'est remettre le système en route. Je crois que nous pourrions parvenir à réactiver l'une des centrales aujourd'hui à l'arrêt. Ce sera une amorce qui nous permettra de proche en proche de restaurer les conditions qui ont généré la prospérité dont nous pouvions bénéficier. C'est à cela que nous devons travailler. »

On en resta là pour ce jour là et l'on convint de la nécessité de poursuivre cet intéressant débat. En attendant, le vieux, accompagné par Phoebus, poursuivit sa visite du site. Il était constitué de deux parties, relativement cloisonnées. La première était le campus académique, composé de coquets bâtiments abritant espaces de vie et locaux de travail, en majorité des salles de réunion. La seconde partie, séparée par une clôture, était réservée à ce qu'on lui avait présenté comme l'intendance. On y trouvait les potagers, les vergers et les poulaillers, quelques ateliers ainsi que les bâtiments réservés à ceux qui y travaillaient. Ils étaient logés dans des dortoirs et l'on sentait bien qu'ils ne faisaient pas partie de la même humanité que celle des chercheurs dont ils assuraient le confort.

Il réussit à engager la conversation avec un jardinier.

« - Ce n'est pas l'idéal, mais c'est quand même mieux que ce que j'ai connu à l'extérieur. Au moins, nous sommes nourris à peu près correctement. Si je le peux, je partirai d'ici un jour, mais regardez : ce n'est pas facile de s'échapper. Il n'y a qu'une seule entrée, et elle est sévèrement gardée. »

Revenir au monde d'avant. Le reproduire à l'identique. Tout miser sur le savoir scientifique, c'est à dire sur ce qui assurait aux membres du clergé de la science leur statut et leur pouvoir. Ils ne pouvaient imaginer autre chose. Les clôtures qui enserraient le site ne constituaient pas leur seul enfermement. Cela, il ne pouvait pas le dire à son interlocuteur. Ce que proposait l'électricien, c'était tout bonnement un retour à ce qui était à l'origine du drame. Faire toujours plus, toujours plus vite, dans le sens qui avait provoqué la catastrophe. Il lui fallait le plus vite possible partir d'ici. Mais pour cela, il venait de le comprendre, il lui faudrait ruser.

L'affaire fut vite emballée. Le soir même, il profita du repas pour aborder l'électricien.

« - Monsieur le président, je suis bien d'accord avec vous sur ce point : il s'agit de savoir plus exactement où nous en sommes afin de pouvoir agir en connaissance de cause. Or, il m'a été dit par un voyageur qu'il existait à l'est d'ici une région qui avait été relativement épargnée ; est-ce que ça ne vaudrait pas le coup d'aller voir ? »

L'autre fonça les sourcils.

« - Certainement ; vous croyez que vous pourriez vous y rendre ?

- J'ai maintenant une certaine habitude des déplacements ; je peux essayer.

- Bien. Dans ce cas, je vais demander qu'on vous prépare un ordre de mission.

- Merci. Pour moi et pour Phoebus.

- Phoebus ?

- Oui, c'est mon chien. »

Il soupira. Inacceptable. Il est temps que cet homme parte d'ici.

7 – La principauté

Il hésitait entre la colère et la dérision. Incapables de se remettre en cause, se disait-il. Incapables de comprendre que leurs certitudes ne leur servent plus à rien, qu'elles ne les aideront pas à survivre, qu'elles appartiennent au passé. Qu'elles n'avaient aucune valeur universelle et qu'elles n'étaient qu'un rapport particulier à un monde particulier, qui nous a conduit là où nous en sommes. Il y a ceux qui s'imaginent que le savoir scientifique tel qu'ils le conçoivent nous sortira de l'impasse où ils nous ont eux-mêmes conduits. Ils ne voient pas que ce qu'ils jugent rationnel n'est qu'une croyance plus ou moins rationalisée, avec ses lieux de cultes, ses prêtres et ses pontifes. Il y a aussi les fidèle qui se recommandent de traditions religieuses plus anciennes, qu'ils croient porteuses d'une valeur universelle, mais qui ne voient pas qu'elles ne le sont pas plus que les esprits animistes ou les dieux grecs, à ceci près que les esprits de la forêt et les dieux du Panthéon ne prétendaient pas s'imposer sur toutes les autres déités. Les fidèles de Déméter ne sont pas plus fous que les autres, simplement un peu moins subtils.

Ainsi cheminait-il avec son chien en ruminant ses pensées quand, par le plus grand des hasard, il atteignit l'un des centres d'accueil dont lui avait parlé le jeune moine de l'abbaye. Et toujours par le plus grand des hasards, il y fut accueilli par la jeune femme qu'il y avait laissée. Elle fut contente de le revoir. Et lui, de savoir que tout allait bien pour elle. Phoebus lui fit la fête.

« - Figurez-vous que j'ai rencontré votre ancien patron. Il habite pas très loin d'ici.

- Le président de la compagnie électrique ?

- Exactement. »

Elle faillit sauter de joie.
« - Je croyais que pour vous, ça ne se passait pas très bien avec lui.

- Oui, mais c'est le père de mon bébé ! »

De mieux en mieux. Rien à redire. Il accepta son invitation à se restaurer et reprit la route, toujours en direction de l'est. La foule des piétons se faisait plus nombreuse. Des sortes d'auberges proposaient leurs services aux voyageurs. Des services bien rustiques. Mieux valait coucher à la belle étoile que risquer d'attraper des poux ou des puces. Mais enfin, on y trouvait à manger, et surtout à boire. C'était déjà ça. Quelques journées de marche encore et il se retrouva, avec beaucoup d'autres, devant une grande pancarte plantée en bord de route. « Principauté des Hautes terres ». Il était donc arrivé à destination.

Derrière la pancarte, une petite foule devant ce qui ressemblait, les autocars et les camions en moins, au poste de douane d'un pays africain. Des gens fatigués, assis sur de gros paquets ou dans la poussière, des enfants qui criaient ou qui pleuraient, des mères tentant en vain de rassembler leur marmaille, quelques vendeurs de bricoles et de rat rôti. Les gens patientaient et il lui fut recommandé de faire comme les autres. Vint enfin son tour. L'homme faisant office de policier, ou de douanier, dont l'uniforme se limitait à un simple brassard, lui demanda d'où il venait, où il allait et ce qu'il transportait. Faute sans doute de papier, aucun formulaire n'avait à être rempli. C'était la grande différence par rapport au monde d'avant. Et aussi qu'il n'y avait pas de taxis en attente. C'est donc toujours à pied qu'ils étaient repartis, lui et son chien. Si poste de douane il y avait, c'est donc qu'il s'agissait d'un Etat et il résolut de se rendre à la capitale. Elle se trouvait, lui dit-on, à un peu plus d'une journée de marche.

La population lui parut un peu plus dense. Toutes les fermes n'avaient pas été désertées. On apercevait, d'endroit en endroit, des champs qui paraissaient cultivés, des prairies où paissaient des vaches. Tout indiquait la relance d'activités économiques, à moins qu'elles n'eussent jamais été interrompues. L'absence de véhicules en panne abandonnés sur les bas côtés de la route témoignait d'un semblant d'ordre. Philibert et Laurianne ne l'avaient pas induit en erreur. S'il s'agissait d'un foyer de civilisation, comme auraient dit les chercheurs du CIRI qu'il venait de quitter, il avait une petite chance d'y retrouver sa compagne. Toujours ce pincement au côté, qui le reprenait de temps en temps.

La question qu'il se posait, c'est ce qu'il ferait une fois arrivé en ville. Quelques entrepôts, apparurent devant lui, de ces entrepôts qui dans le monde d'avant était qualifiés de grandes surfaces commerciales. Bricolage, électro-ménager, mobilier, chaussures, alimentation bio, restauration rapide, ils étaient manifestement abandonnés, ne laissant plus paraître que leur caractère artificiel et tape à l'œil. De certains, les tôles et tout ce qui avait paru pouvoir être utile, avaient parfois été récupérées, Il se posa une question incongrue : qu'étaient devenus leurs patrons ?

Après l'alignement des grandes surfaces, autrefois qualifié de zone commerciale, se profilait une rue qui, probablement, conduisait vers le centre de la petite ville. Des maisons hautes de deux ou trois étages. Certains de ces étages, les plus élevés, notamment, semblaient abandonnés. Mais d'autres étaient manifestement habités. On ne trouvait pas trace de pillages, ou alors elles avaient été effacées. Quelques bicyclettes. Mais bien entendu, aucun véhicule à moteur. La voirie semblait à peu près entretenue. A intervalles réguliers, des cuves ou des fûts munis de robinets servaient très certainement de points d'eau. Quelques commerces : alimentation, outils de jardinage, ustensiles ménagers, fringues. Des artisans : cordonniers, chaudronniers, réparateurs de bicyclettes. Tout cela évoquait les villages de brousse dans l'ancien monde.

Il arriva à ce qui ressemblait à un hôtel. Il évoqua sa situation impécunieuse. L'hôtelier se mit à rire.
« - Vous n'êtes pas le premier. Rendez vous à la mairie. Ils vous remettront un bon de logement pour deux nuits en échange d'un engagement de votre part à accepter une tâche d'utilité collective qui sera déterminée en fonction de votre qualification. Vous me remettrez le bon. En fait, c'est un jeton en plastique. On économise le papier. Ensuite, vous toucherez un salaire, qui vous sera payé en écus.

- En quoi ?

- L'écu, la monnaie d'ici.

- Et si je ne me rends pas au travail qui me sera attribué ?

- Où iriez-vous, après ?

- Bien, j'y vais.

- Dépêchez-vous, il se fait tard et tout s'arrête à la nuit, ici. »

La mairie se trouvait, comme il se doit, place de la Mairie, à deux pas de là. La façade en était ornée par un drapeau bleu portant la lettre P. Au fond du hall, où il faisait un peu plus frais qu'à l'extérieur, les noms des victimes de la Grande guerre et de la Deuxième guerre mondiale étaient gravés sur de grandes plaques de marbre noir. A côté, une liste tracée à la main sur des feuilles A4 disposées sur un panneau d'affichage, celle des disparus à la suite de la Grande catastrophe. Elle était au moins aussi longue que la précédente. Pour la plupart, lui expliquerait-on, des personnes en déplacement que l'on n'avait jamais revu.

Il fut dirigé vers ce qui s'appelait le « bureau des enregistrements ».

« - Quelle est votre expérience ? »

Il s'expliqua, mentionnant le travail juridique qu'il avait fait pour la Commune libre de la renaissance.

« - Oui, mais le droit que nous avons institué ici est à peu près satisfaisant. Au moins pour l'instant. Et d'abord, il ne dépend pas de la commune, mais de la Principauté. Et l'ancien tribunal fonctionne toujours. Plutôt mieux qu'avant, d'ailleurs. »

Il fut donc affecté au CEP, le « Centre d'évaluation et de prévision ».

« - Il s'agit de suivre en permanence où nous en sommes, notamment en ce qui concerne le redémarrage de nos activités de production. D'évaluer nos faiblesses et les progrès à faire. Et de suivre l'évolution de ce qu'en pense la population, ses sujets de satisfaction ou de mécontentement. Rendez-vous dans le hall demain matin à neuf heures.

- Ma montre ne marche plus depuis longtemps, la pile était HS.

- Vous entendrez une sonnerie des cloches. Vous voyez, elles ont retrouvé leur raison d'être. Et voilà les jetons pour votre hébergement. »

oOo

Une petite foule s'était regroupée sur la place de la mairie. Les équipes se constituaient ou se reconstituaient. Le vieux avait rejoint les membres du CEP, dont il faisait maintenant partie. La jeune femme qui le dirigeait, qui s'appelait Léa, distribua les rôles. Dans un premier temps, il serait chargé d'interviewer les commerçants et les artisans de la ville sur leurs sujets de satisfaction et leurs principaux sujets de préoccupation. Un audit, en quelque sorte. Au passage, il se renseigna auprès de l'un de ses nouveaux collègues sur les ressources budgétaires de la ville.

« - Il n'y en a pas beaucoup. C'est pourquoi chaque citoyen doit chaque semaine à la ville une journée de travail. Cette obligation, selon les cas, peut être observée par périodes d'un jour, d'une semaine ou d'un mois.

- C'est le retour de la corvée...

- Exactement, mais comment vouliez-vous faire autrement ? Après la catastrophe, tout était à faire et la municipalité ne disposait d'aucun moyen. D'où l'idée de faire appel, d'une façon équitable, aux compétences disponibles. Depuis, avec la relance de certaines activités, comme l'agriculture et certaines activités commerciales ou artisanales, il y a aussi un impôt sur les entreprises. Mais beaucoup d'entre elles sont encore très fragiles et il ne s'agit donc pas de les étouffer. Une partie, environ 10%, est reversée à la

Principauté, qui assure certaines fonctions, comme la justice et la police. Quant à la corvée, comme vous dites, elle a un autre aspect dans la mesure où elle représente une participation personnelle à l'action menée en commun pour essayer de recréer un monde qui soit vivable. Il a fallu réinventer certains métiers, comme celui de porteur d'eau. Vous avez pu voir les citernes que nous avons installées en l'absence d'eau courante ; ce sont des gens comme nous qui nous en occupons. »

Et donc, il commença sa tournée dans la grand rue, qu'il connaissait déjà. Sa première visite fut pour un marchand de lunettes d'occasion.

« - Nous en sommes encore réduits, pour beaucoup d'objets d'usage courant, à la récupération de matériaux ou d'objets datant du monde d'avant. C'est le cas pour les lunettes de vue. Je rachète toutes celles que je peux trouver. Parfois je les répare. Je les classe en fonction de leur focale. Quand je reçois un client, je procède d'une façon sommaire à un examen de sa vue et je l'oriente vers ce que j'ai à lui proposer qui correspondra le mieux à son besoin. Quelquefois, je n'ai pas. Mais c'est déjà mieux que rien.

- Je vois.

- Comme vous dites. Pour en revenir à ce qui va et à ce qui ne va pas, le sujet de satisfaction, c'est qu'il existe encore une vie organisée, que nous avons évité l'anarchie et limité les réactions de désespoir. Il faut voir où nous en étions au lendemain de la catastrophe. C'était la débandade. Il y avait ceux qui pensaient que c'était la fin du monde. Il y avait ceux qui se croyaient encore dans l'ancien monde et qui s'imaginaient que les choses pourraient recommencer comme avant. Et qui attendaient. Beaucoup avaient tout perdu, y compris des membres de leur famille portés disparus. Tout semblait devenu difficile ou impossible…

- Comme d'allumer le feu quand on n'a plus d'allumettes, par exemple…

- Exactement. Ou de trouver de l'eau potable. Le grand mérite des autorités publiques, ça a été de recréer de la vie en coordonnant les initiatives individuelles, et non pas en disant à chacun ce qu'il devait faire. Par exemple, mon commerce de lunettes, ce n'est pas la mairie qui m'a ordonné de le faire. C'est moi qui en ai eu l'idée. Mais c'est la mairie qui a trouvé le local où vous vous trouvez et qui m'a autorisé à l'occuper.

- Et ça vous suffit pour vivre ?

- Non, pas du tout. C'est pourquoi je consacre une partie de mon temps à donner un coup de main au cordonnier, qui est absolument débordé. Aujourd'hui, nous avons tous deux ou trois occupations complémentaires.

- Oui, mais comment saviez-vous qu'il avait besoin d'aide ?

- D'abord, nous nous connaissons tous. Ensuite, tous les jours, en fin d'après-midi, il y a une bourse aux compétences qui se tient sur la place de la mairie. On se retrouve, on discute et on s'arrange.

- Une bourse des compétences ? Pas une bourse des emplois ?

- Non, les emplois, c'était dans l'ancien monde, pas ici.

- Et ce qui ne va pas ?

- Ce qui ne va pas, c'est que nous sommes encore beaucoup trop dépendants du monde d'avant. Nous sommes encore une économie de récupération. Nous ne savons pas ce qui se passera, par exemple, quand on ne trouvera plus de lunettes à récupérer. Et c'est vrai pour tout. Il nous faudra donc, soit apprendre à en produire de nouvelles, soit apprendre à nous en passer.

Et là, nous aimerions bien que la mairie nous en dise un peu plus sur la façon dont elle voit l'avenir. »

C'était très intéressant. Le marchand de fripes, qu'il alla voir ensuite, lui dit à peu près la même chose. Que se passerait-il quand tous les vêtements disponibles auraient été récupérés et usés jusqu'à la corde ? Il n'y avait plus d'industrie textile. Il faudrait réinventer les métiers à tisser manuels. Mais les compétences traditionnelles s'étaient perdues. Par ailleurs, il leur faudrait des matières premières. C'était donc toute une filière qui demandait à être reconstituée, mais sur des bases qui ne pouvaient plus être des bases industrielles. D'abord parce qu'on n'en avait pas les moyens. Plus de machines. Plus d'électricité. Plus de pétrole. Ou alors peut-être ailleurs, mais ça, on n'en savait rien. Ensuite parce qu'on savait où ça nous avait conduit. On n'allait quand même pas recommencer.

Le soir, il rendit compte sommairement de ce qu'il avait fait à Léa, la patronne du CEP, qui lui annonça que l'on procéderait à une mise en commun à la fin de la semaine.

« - Nous ménageons nos dernière réserves de papier. Donc, finis les rapports. Par contre, nous organisons des discussions et c'est finalement beaucoup plus efficace. »

Il s'était rendu pour dîner à l'hôtel, où il avait eu droit aux effusions de Phoebus, très inquiet d'avoir vu disparaître son maître, quand il entendit des bruits de trompettes qui venaient de la place de la mairie. Des tréteaux avaient été dressés. Il s'y donnait un spectacle de pantomimes. La petite foule riait franchement. Il s'enquit. Etait-ce une fête ?

« - Non, pas particulièrement. Ou alors c'est tous les soirs la fête. Avant, les gens étaient enfermés chez eux devant la télé. Il n'y a plus la télé. Ils n'ont pas non plus de lumière électrique. Alors ils sortent. Chaque jour, il y a un spectacle. Tantôt c'est une pièce de théâtre, tantôt c'est un groupe de rock qui se produit, tantôt ce sont des improvisations sur un thème donné, tantôt ce sont des danses. On discute, on s'amuse. Il y a une vie sociale qui s'était un peu perdue. Et regardez : il y a de la lumière électrique. Nous avons remis en marche quelques éoliennes qui datent du monde d'avant. Elles étaient là ; autant les utiliser. Mais leur capacité est limitée. C'est pourquoi le courant est réservé à quelques usages prioritaires. »

En effet, la place était éclairée par quelques lampadaires. Cela lui avait paru tellement normal qu'il ne s'en était même pas aperçu. Ciel, se dit-il, qu'il était donc difficile de se débarrasser des vieilles habitudes !

oOo

« - Vous verrez, ce sont des gens très sympa et ils se sont parfaitement adaptés à la situation. Leur ferme est à sept ou huit kilomètres d'ici. Vous pourrez faire l'aller et retour dans la journée. »

C'était le boucher qui lui disait cela. Le vieux décida de s'y rendre dès le lendemain. Une bonne promenade ferait du bien à Phoebus, qui se morfondait un peu. Après s'être un peu perdu, il arriva à l'endroit indiqué. Quand il arriva, il rentrait du foin à la fourche, tandis qu'elle préparait de quoi donner à manger aux cochons. Tous deux âgés de quelque quarante ans. Leur nom : Ambroise et Marie-Pierre. Au milieu d'une véritable ménagerie. Ils détaillèrent : une quarantaine de vaches pour la viande, cinq ou six chèvres et le bouc qui allait avec, trois chevaux à la retraite, deux poneys, trois mulets, un âne, des poules, des canards, des oies et des lapins en quantité suffisante, des pigeons, un couple de furets, plusieurs ruches, ceci sans compter trois chiens avec lesquels Phoebus eut à s'expliquer sérieusement.

Les présentations faites, notamment entre Phoebus et les chiens de la ferme, il expliqua ce qui l'amenait ici. La réponse ne fut pas celle qu'il attendait.

« - Pour nous, la catastrophe a été plutôt une bonne chose. Nous étions spécialisés dans le bio et on avait du mal à s'en tirer à cause des réglementations à respecter et parce que les gros agriculteurs ne nous faisaient pas de cadeau. Aujourd'hui, ils ont tous disparu. Certains d'entre eux essayent de se reconvertir dans l'agriculture sans produits phytosanitaires, mais ils ont du mal parce que ce n'est pas leur mentalité et parce que leur matériel ne leur sert plus à rien. Tracteurs et moissonneuses-batteuses sont en train de rouiller. Les grandes surfaces et l'agriculture extensive, c'est fini. Nous, nous avions de l'expérience et nous faisions déjà beaucoup de choses à la main.

- Même du maraîchage ?

- On en fait un peu, mais ce n'est pas notre spécialité. Ce que nous savons faire, c'est de l'élevage. Ceci étant dit, tout n'est pas simple. Nous manquons de certains produits dont il a fallu apprendre à nous passer. Nous ne pouvons plus acheter le maïs pour les animaux, il faut le produire nous-mêmes. Il a fallu nous faire aider. Mais en même temps, nous avons des projets. Il va y avoir une demande pour les pigeons voyageurs, par exemple. Nous envisageons également un élevage de crocodiles. Il y a de plus en plus de crocodiles dans la région, et leur viande est très bonne.

- Vos problèmes ?

recherché, donc de plus en plus cher, même si la forge commence à en produire. Et bien entendu, nous aimerions que l'on nous achète notre production à un prix plus élevé. Mais il est vrai que le pouvoir d'achat, depuis la catastrophe, reste très bas par rapport à ce qu'il était avant. »

Le déjeuner fut rapide. On sentait qu'ils n'avaient pas que ça à faire. Deux adolescents s'étaient joints à eux. Ayant perdu leurs parents, ils avaient été pris en charge et donnaient un coup de main à la ferme. En repartant, il s'interrogeait. C'est sûr que les grands gagnants du monde d'avant avaient tout perdu. Et bien sûr, c'est pour ça qu'ils s'étaient opposés autant qu'ils avaient pu à tout ce qui aurait permis d'éviter la catastrophe. Cherchant à gagner du temps. Professant sans le savoir une vieille maxime : « après nous le déluge ». Mais d'autres, paradoxalement, y avaient peut-être gagné. En tout cas, se dit-il, il est clair que les compétences nécessaires à la survie ne sont plus les mêmes. J'aimerais savoir comment on en tient compte, ici, dans l'éducation des enfants. Est-ce qu'il y a des écoles qui reproduisent les programmes d'avant la catastrophe, ou est-ce qu'on les a revisités ? Et d'abord, est-ce qu'il y a encore des écoles ?

oOo

Oui, il y avait bien une école, et même un collège, et même un lycée. Il demanda donc à voir le proviseur. « Vous entrez dans le dur, lui dit Léa, je ne sais pas s'il vous recevra. En tout cas, bon courage. » En effet, ce ne fut pas simple. Il lui fallut prendre rendez-vous. Le proviseur siégeait dans un bâtiment solennel qui aurait pu être le siège d'une congrégation religieuse. Une secrétaire revêche lui fit comprendre que l'agenda de son patron ne lui permettait pas de lui consacrer du temps avant une semaine. S'étant présenté le jour dit, on le fit attendre dans une sorte d'antichambre garnie de chaises dépareillées, dont certaines paraissaient fortement branlantes. Au bout d'un quart d'heure, la porte opposée à celle par laquelle on l'avait introduit s'ouvrit et le proviseur parut.

Il eut un choc. C'était la première fois depuis la catastrophe qu'il voyait un homme rasé et en costume-cravate.

« - Monsieur le proviseur, merci d'avoir accepté de me recevoir...

- Je crois savoir que vous venez de la part de la municipalité. Avant toute chose, il faut que vous sachiez que je ne dépends pas de la municipalité et que je rapporte directement au conseil exécutif de la Principauté.

- J'imagine que ceci est un signe de l'importance qu'elle accorde à l'éducation.

- Exactement. Dites-moi maintenant en quoi je peux vous être utile. »

Le vieux expliqua qui il était, quelle était sa mission et quelles étaient les questions qu'il se posait.

« - Je vois. D'abord, il faut que vous sachiez qu'il y a dans ce pays des gens, parfois à un niveau haut placé, qui sont prêts à brader tout ce qui constitue le fondement de notre civilisation au motif que ce seraient des connaissances aujourd'hui inutiles. Comme s'il fallait en finir avec les humanités sous prétexte qu'il y a mieux à faire. Je pense au contraire, et heureusement je ne suis pas le seul, qu'il est absolument indispensable de maintenir notre capital de connaissances afin de réussir le redressement que nous devons opérer. Or, il est en grand danger. Non seulement certains le jugent inutile mais ses supports risquent de disparaître. Il reste les livres dont nous disposions au moment de la catastrophe, mais que se passera-t-il quand nous n'en aurons plus, ou qu'ils tomberont en charpie ? Et pourtant, il nous faut maintenir nos connaissances, historiques et géographiques, notamment, sans quoi nous reviendrons à l'état sauvage. Et en l'absence de tout ce savoir, nous ne pourrons jamais espérer progresser.

- Je comprends bien, Monsieur le proviseur. Cependant, ne pensez-vous pas que certains savoirs sont devenus inutiles alors que d'autres vous font défaut ?

- En ce qui concerne les savoirs relatifs aux arts mécaniques, je suis d'accord. Mais ce n'est pas le cas de ceux qui se rapportent aux principes même de notre civilisation. Socrate, les Lumières, les fondements de la liberté et de la démocratie.

- Oui, mais est-ce que ce ne sont pas certains de ces fondements qui nous ont conduits là où nous en sommes ? »

Il se mit à rire.

« - Sans doute, mais avant de faire le tri, il faut les connaître.

- J'ai une autre question à vous poser. J'ai été accueilli par la municipalité, mais à part vous, je n'ai aucun contact avec la Principauté et je ne sais rien d'elle.

- Demandez un rendez-vous avec un des membres du conseil exécutif. Mais je ne sais pas si on vous l'accordera. Ils sont très occupés. Tout et à faire, ou à refaire.»

Le soir, après le dîner, sur la place éclairée par ses réverbères, il parla autour de lui de sa visite de l'après-midi. Une jeune femme, les cheveux noués en queue de cheval, l'aborda.

« - Excusez-moi. J'ai cru comprendre que vous avez rencontré notre proviseur ?

- Oui.

- Que pensez-vous de son point de vue ?

- Il m'a paru très conscient de la nécessité de préserver le capital intellectuel de l'humanité.

- Certainement, mais il faut que vous sachiez qu'il est loin de faire l'unanimité. Nous sommes nombreux, parmi les profs, à penser que l'école n'a pas à se limiter au rôle d'un conservatoire de ce qui appartient au passé. Nous devons préparer les enfants et les jeunes au monde d'aujourd'hui, tel qu'il est devenu, et non au monde d'hier, qui n'existe plus et qui ne reviendra probablement jamais. Cela suppose non seulement l'apprentissage de nouvelles compétences pratiques ou la redécouverte de certaines d'entre elles, qui avaient plus ou moins disparu, mais surtout l'invention, je dis bien l'invention, d'une perspective nouvelle dans nos rapports entre nous et avec la nature.

- J'en suis bien d'accord. Je serai le premier à vous dire qu'il peut être utile de savoir allumer le feu sans allumettes.

- Oui, mais ce n'est pas tout. Est-ce en enfermant les jeunes dans une salle de classe qu'on va leur apprendre ce dont ils ont besoin pour survivre ? Souvenez-vous d'Ivan Illich et de sa « société sans école ». Nous devons inventer de nouvelles pédagogies, peut-être même abandonner l'idée de l'école pour tous, qui nous vient du monde d'hier. Nous n'en sommes qu'au début de ce questionnement. Mais il ne faut surtout pas refermer le débat trop vite en imposant la reproduction de ce qui se faisait dans le monde d'hier. Vous êtes au cœur du débat qui nous agite.

- Justement, j'aimerais approfondir ce que vous me dites. Pensez-vous que je pourrais prendre contact avec un membre du conseil exécutif ?

- Rien de plus facile. On les voit souvent parmi nous le soir. Venez avec moi. »

Elle l'emmena parmi les petits groupes qui discutaient sur la place en profitant de la relative fraicheur du soir et s'arrêta devant un homme d'âge mûr, à l'épaisse barbe noire, vêtu d'une chemisette bariolée et d'un jeans, les pieds dans des tongs confectionnées dans un morceau de pneu. Le vieux lui fut présenté par la jeune prof.

« - Voilà quelqu'un qui est récemment arrivé et qui aimerait te rencontrer afin de discuter de la façon dont fonctionne notre Principauté.

- Mal. Nous avons des tas de problèmes à régler. S'il peut nous y aider, il est le bienvenu. »

Rendez-vous fut pris pour le lendemain, au siège de la Principauté.

oOo

La Principauté avait son siège dans l'ancienne préfecture et elle en avait conservé le caractère un peu solennel. Son interlocuteur, qui s'appelait Norbert, avait son bureau au premier étage, un bureau désordonné, débordant de vieux dossiers, de plans et d'objets hétéroclites. Il était toujours en jeans et en tongs.

« - Je m'occupe de développement. Le problème que nous avons, c'est que nous sommes beaucoup trop dépendants du monde d'avant. Nous vivons largement sur nos stocks et nous n'avons pas rompu avec la mentalité extractionniste d'autrefois. Par exemple, nous sommes incapables de faire des vêtements parce que nous ne savons plus produire d'étoffes. Nous nous contentons donc d'user jusqu'à la corde les vêtements dont nous disposions au moment de la catastrophe. Nous ne savons pas faire de papier, ce qui nous manque cruellement. Devons-nous apprendre à en produire ou devons-nous apprendre à nous en passer ? La question est importante, car toutes les archives du monde d'avant passent aujourd'hui par le papier. Les documents sur un support digital sont inutilisables. Si nous n'avons plus de papier, les documents disparaîtront progressivement ou finiront dans un musée. Ce sera la fin des fondements de ce qu'était notre civilisation. Certains estiment qu'il faut tout réinventer, et je suis en grande partie d'accord avec eux. Mais d'autres estiment qu'il faut nous appuyer sur les savoirs déjà existants, et ils n'ont pas tort.

- Oui, mais permettez moi de le dire, certains de ces savoirs, qui dataient d'avant la période industrielle, ont déjà disparus. Or, ils vous seraient bien utiles.

- Je suis bien d'accord avec vous. Nous sommes à la recherche d'artisans capables de faire ce dont nous avons besoin sans utiliser de machines fonctionnant à l'électricité. Nous avons récemment accueilli un groupe d'éleveurs de bétail peuls venus du Sahel, qu'il avaient dû quitter parce qu'il était devenu invivable, et ils nous ont beaucoup appris. Ils se sont d'ailleurs installés à une vingtaine de kilomètres d'ici et nous nous intéressons particulièrement à leurs techniques de construction.

- Je crois les connaître.

- Vous les connaissez ? Leur chef est un homme remarquable. Nous lui avons demandé de faire partie de notre comité scientifique. Et donc, nous essayons, à partir des moyens dont nous disposons, d'inventer le monde de demain. Par exemple, nous avons redécouvert les techniques de fonderie de l'époque pré-industrielle. Cela nous a permis de monter une forge, qui produit dès aujourd'hui les pièces de monnaie et les outils de jardinage qui nus sont nécessaires. Nous avons également remis en route notre parc d'éoliennes et comme sa production d'électricité est très faible, nous la limitons à un usage public. Mais quand les éoliennes seront hors d'usage, il faudra nous débrouiller autrement. C'est pourquoi nous essayons de remettre en activité un moulin à eau. Mais là encore, en l'absence d'une turbine, son usage restera limité. Je ne vous parle pas des soins de santé, qui sont à réinventer à partir des médecines douces et de l'herboristerie, ni des communications, qui vont nécessiter la mise en place de moyens existant avant les télécommunications.

- Bienvenue au télégraphe de Chape !

- Et aux pigeons voyageurs…

- Dites-moi : comment imaginez-vous l'avenir ?

- Mal. De deux choses l'une. Ou bien la situation actuelle est provisoire. Et si elle change, l'impulsion viendra de l'extérieur, si des moyens matériels plus importants que les nôtres se sont maintenus quelque part sur terre…

- Ce serait un bien ?

- Ca se discute… Soit en mal, en tout cas, si une des centrales nucléaires aujourd'hui à l'arrêt et qui ne sont sans doute plus entretenues se met à cracher. Ou bien, c'est la deuxième hypothèse, la situation actuelle est durable, et dans ce cas nous devons inventer par nous-mêmes des solutions qui soient viables durablement. Nous avons très peu d'informations sur ce qui se passe à l'extérieur, et donc nous n'avons aucune idée de ce qui va arriver.

- Mais parlez-moi du fonctionnement de la Principauté elle-même.

- Je ne suis pas le mieux placé. Je vais vous présenter à ma collègue qui s'occupe du fonctionnement institutionnel. Je sais qu'elle est là. »

Il se leva et accompagna le vieux à une salle de réunion où il le fit attendre quelques minutes. Puis il revint avec une femme d'âge mûr vêtue d'une ample robe à fleurs.

« - Anita va vous expliquer. C'est elle qui veille sur le fonctionnement de nos institutions. »

Les présentations faites, elle commença.

« - La Principauté a été créée sur le territoire de l'ancienne préfecture. Elle est constituée de 153 communes de différentes tailles, qui jouissent de leur pleine autonomie sur le plan local. Chacune d'entre elles délègue un représentant, qui participe à l'élection, à main levée, d'un conseil exécutif de douze membres. Le conseil exécutif à tout pouvoir dans le respect de libertés communales et de la charte qui définit ses domaines d'intervention : maintenir la sécurité, rendre la justice, battre monnaie. Les fonctions régaliennes. Les décisions y sont prises à l'unanimité. Pour l'assister, plusieurs comités ont été

créés : comité du développement, qu'anime Norbert, que vous connaissez, comité institutionnel, dont j'ai la charge, comité des approvisionnements, comité des moyens d'éducation, et ainsi de suite. Ces comités sont consultatifs et peut y participer qui veut à condition d'en respecter les règles de fonctionnement, et notamment l'assiduité aux réunions et le dialogue entre points de vue différents. On peut à tout moment créer de nouveaux comités ou mettre fin à leurs travaux.
- Bien. Mais qui est le Prince ?

- Je vais vous le présenter. »

Faisant face à son étonnement, elle se leva et l'entraîna dans une salle de conférence un peu solennelle. Dans le fond, un peu surélevé, un fauteuil d'apparat en bois doré garni de velours rouge.

« - Le voilà.

- Je ne comprends pas.

- Le Prince est symbolisé par ce fauteuil. Il n'a plus d'existence en tant que personne physique.

- Et ça a toujours été comme ça ?

- Non. Il y a eu un prince en chair et en os. Dans son existence précédente, il occupait la fonction de préfet. C'est lui qui a donné l'impulsion initiale pour lancer la dynamique qui nous a menée là où nous en sommes.

- Et qu'est ce qu'il est devenu ?

- Un jour, il a réuni le conseil exécutif et il a déclaré que son œuvre était achevée et que pour que la dynamique puisse se poursuivre, il devait s'en aller parce qu'il ne pouvait que la freiner à cause des préjugés qui lui venaient de la fonction qu'il occupait dans l'ancien temps. Et il est parti. Avec sa femme.

- Où ça ?

- Il ne nous l'a pas dit. Il s'appelait Philibert.

- Et sa femme, Laurianne. »

A son tour, elle marqua son étonnement. « Vous les connaissez ? »

oOo

Les pincements au côté, depuis quelque temps, se faisaient plus insistants. Il fut vite convaincu, après s'être renseigné de tous les côtés, que sa compagne n'était pas à la Principauté et n'y était jamais venue. Il décida donc de reprendre la route. Mais avant de partir, il tenait à revoir les Peuls qu'il avait déjà rencontrés en chemin lors de sa fuite après le cataclysme. Il voulait voir comment ils vivaient et parler avec leur chef.

Après avoir rendu compte de sa mission et pris congés de Léa, il prit la route, de nouveau sac au dos, Phoebus manifestement heureux de voir du nouveau. Il s'était également muni d'un cadeau pour le chef. Au bout de trois bonnes heures de marche, il aperçut, dans le fond d'un vallon, quelques dizaines de huttes circulaires près d'enclos à bétail. Un village africain. Il s'amusa des craintes, qui s'exprimaient souvent dans l'ancien monde, d'une foule innombrable d'immigrants qui allaient submerger l'Europe. Or, ce qui lui avait été dit la veille, c'est qu'ils étaient détenteurs de techniques qui, dans les conditions actuelles, méritaient d'être étudiées et transposées, notamment en ce qui concerne l'habitat.

On eut du mal à le reconnaître. Sa barbe avait poussé. Il fut accueilli avec un grand verre de lait. Phoebus eut droit à une côte de mouton. Les maisons étaient disposées, semblait-il, un peu au hasard autour d'une sorte de place où un hangar circulaire au toit de chaume devait servir de lieu de réunion. La case à palabres, se dit-il. Pas très loin, un ruisseau, tout aussi utile aux bêtes qu'aux humains. La vie de tous les jours. Des enfants qui courent et qui crient. Des femmes enturbannées qui pilent on ne sait quoi. Les enfants, comme on pouvait s'y attendre, faisaient cercle. Il demanda à se rendre à la maison du chef. On l'y conduisit. Par chance, il était là.

« - Vous ici ?

- Vous me reconnaissez ?

- Bien sûr. Qu'est ce qui me vaut l'honneur de votre visite ?

- J'ai deux questions à vous poser. L'une en tant que chef de ce village, l'autre en tant que docteur en physique.

- Allez-y.

- On m'a dit que la Principauté avait beaucoup à apprendre de vous, notamment en ce qui concerne l'habitat. Est-ce vrai ? »

Il se mit à rire.

« - Peut-être. Comme je vous l'avais dit, le monde s'est renversé. Les peuples qui étaient qualifiés de sous-développés n'ont plus grand chose à apprendre de ceux qui se disaient développés et les peuples développés ont beaucoup à apprendre de ceux qu'ils qualifiaient de sous-développés. Regardez autour de vous : en quelques mois, nous avons construit ce village qui est parfaitement adapté à nos besoins et aux techniques qui sont aujourd'hui disponibles. Une charpente en bois débité à la hache, des murs de torchis, un toit en chaumes et en ajoncs. Simple. Facile. On sait faire. Maintenant, regardez les maisons en ville. Heureusement, on n'aurait plus les moyens d'en faire de pareilles. Complètement inadaptées. Il faut monter les seaux d'eau à l'étage. On ne sait pas quoi faire des eaux usées. Ne parlons pas des sanitaires. Et pas moyen de faire du feu pour cuisiner. Beaucoup nous envient nos maisons simples et aérées, dont les feux de cuisine s'échappent par le toit.

- Merci. Maintenant, ma seconde question.

- Je vous en prie.

- Vous m'aviez dit que vous étiez docteur en physique. A votre avis, quelle est la cause de la catastrophe ? Est-ce l'effet d'un cataclysme naturel ou un accident résultant de l'activité humaine ?

- Les deux. Un phénomène naturel dont les conséquences se sont fait sentir sur le produit des activités humaines. En fait, on ne peut plus distinguer ce qui relève du naturel et ce qui relève de l'intervention humaine. Je vous ai donné l'explication la première fois que nous nous sommes vus, mais vous avez oublié. A l'époque, j'avais plusieurs hypothèses. Après réflexion et pour des raisons compliquées, elles ont débouché pour moi sur une certitude. Voilà ce qui est arrivé. Il s'est produit une gigantesque tornade solaire, qui s'est traduite par la projection à des dizaines de milliers de kilomètres dans l'espace de nuages de plasma chaud. Les nuages de plasma sont venus perturber le champ magnétique terrestre, ce qui a eu pour effet d'anéantir les réseaux électriques et de perturber les ondes radio. L'accident nucléaire n'est qu'un épiphénomène, et il peut d'ailleurs s'en produire d'autres. Il n'explique pas que la catastrophe se soit très probablement manifestée dans le monde entier. D'un seul coup, tout a disjoncté. Le système a globalement été mis HS. Mais derrière les systèmes techniques, c'est votre culture qui a été anéantie.

Merci, c'est très clair. A propos, je vous ai apporté les mémoires d'Hamadou Hampâté Bâ. Je les ai trouvé dans une bouquinerie. Vous connaissez ?

De nouveau, il se mit à rire.

« - Bien sûr. C'est mon grand oncle. »

8 - Le retour

Les hautes tours de verre et d'acier respiraient l'abandon. Certaines baies vitrées avaient éclaté. Des nuées d'oiseaux noirs voltigeaient avant d'y pénétrer. Certaines enseignes pendaient de guingois et des lettres s'en étaient détachées de sigles hier prestigieux. Plus bas, les abords s'étaient transformés en forêt vierge. Chaque espace disponible était occupé par la concurrence de multiples végétaux. Des arbres avaient poussé, entre les dalles disjointes, sur ce qui avait été des allées piétonnières, des places et des escaliers. Les passerelles, les rocades et les accès aux voies rapides donnaient l'impression d'être réduits à l'état d'une friche industrielle ou de terrains vagues, sur lesquels traînaient des véhicules abandonnés, toutes portes ouvertes. Le béton vieillissait mal ; il se parait de teintes verdâtres et de traînées de rouille.

Le hall d'entrée de la compagnie d'électricité, ouvert à tous les vents, était désormais occupé par une famille de gitans. A l'abri des intempéries, ils y avaient installé leur gite, qu'ils avaient garni de toutes sortes de matériaux de récupération. En face de l'entrée, ce qui avait été le comptoir des hôtesses servait désormais à entreposer des bidons, des marmites et différents ustensiles. Les tourniquets d'accès aux ascenseurs, bien évidemment inutilisables, avaient été démontés pour plus de facilité. Des fils électriques pendaient un peu partout, garnis de vêtements en train de sécher. De grandes affiches, présentant des éoliennes géantes assorties de slogans optimistes, garnissaient toujours les murs. Devant l'entrée, sur le parvis, fumaient quelques braseros. Des hommes ramenaient de l'extérieur le produit de leur chasse : rats géants, qui pullulaient partout, crocodiles, qui avaient occupé les eaux stagnantes des sous-sols, énormes serpents lovés dans la végétation. D'autres descendaient des hauteurs de la tour, d'où ils ramenaient des oiseaux et de petits mammifères.

Les accès souterrains, les parkings et les voies de chemin de fer faisaient figure de coupe-gorges sombres et malodorants. Ne s'y aventuraient que ceux qui avaient une raison bien précise de se dissimuler ou d'y dissimuler les fruits de leurs rapines. Mieux valait ne pas s'y aventurer quand on ne faisait pas partie de l'un des clans qui s'en partageaient l'accès. Plus que les autres encore, une zone de non droit, où la vie humaine ne valait pas cher. A l'extérieur, entre tous ces éléments de ce qui avait été un élégant paysage urbain, un témoignage du progrès et de la modernité, d'étroits sentiers, tapissés de gravats, circulaient entre les ronciers, les arbres déjà hauts et les lianes garnies de lichens dans l'air humide et chaud. On y rencontrait parfois des êtres déguenillés, qui passaient furtivement, vous regardant d'un air mauvais.

Le vieux s'était laissé tomber, épuisé, près de ce qui avait été une bouche de métro. Le pincement à son côté gauche ne le quittait plus. Phoebus avait l'air consterné. Combien de temps avaient-ils marché ? Il ne s'en souvenait plus. Probablement plusieurs semaines. Ce qui le soutenait : le seul espoir de la revoir. Chez lui. Ou plutôt, ce qui avait été chez eux. Ce retour s'était d'abord présenté comme une agréable ballade. Il avait pris congé de ses interlocuteurs de la Principauté et pris la route du nord-ouest, chargé des victuailles qui lui seraient peut-être nécessaires. Puis il avait franchi les limites de la Principauté et, très vite, l'atmosphère avait changé. Ce n'était plus la construction d'un avenir commun. Mais plutôt un retour au chacun pour soi, des piétons qui semblaient errer au hasard, parfois sur la route, de longues files de portefaix silencieux, souvent pieds nus, encadrés par des hommes armés de gourdins qu'accompagnaient parfois des chiens ; alentour, de petites communautés isolées qui semblaient se barricader. Tout inconnu semblait être un ennemi potentiel. Il fallait se méfier, quelquefois même se dissimuler, bien souvent se dérober.

Il était devenu plus difficile qu'aux débuts de son périple de trouver sa subsistance, voire même de quoi boire. Il n'était plus possible de faire le plein dans les boutiques désertées ou dans les logements abandonnés par leurs occupants. La razzia avait déjà eu lieu. Tout ce qui était mangeable ou susceptible d'être utile avait été emporté. Etait resté sur place ce qui n'était pas transportable ou qui vraiment ne pourrait plus servir à rien. A la campagne, c'était la même chose. Il n'était pas question de cueillir des pommes ou de ramasser des carottes. Tout de suite intervenait, furieux, celui qui se disait leur propriétaire. Il se faisait menaçant et il n'y avait plus qu'à s'éloigner le plus rapidement possible. Seule solution : demander. Souvent l'on était chassé. Toujours se posait la même question : qu'est ce que vous me proposez en échange ? L'absence de monnaie ne facilitait pas les choses. Personne n'avait entendu parler de l'écu, ni même de la Principauté. Chacun s'efforçait de survivre là où il était, sans savoir ce qui se passait un peu plus loin, ni même chercher à le savoir.

Autant dire que les voyageurs étaient rares. Ce n'était plus la fuite éperdue des premiers jours, mais une sorte de morne désert. Tous ceux qui n'étaient pas morts s'agrippaient à ce qui leur permettait, au moins provisoirement, de ne pas succomber. Le vieux comprenait mieux ce que pouvait être la lutte pour la vie. Une vie peut-être dépourvue de sens. Une survie toujours provisoire. Où l'on en venait à se battre pour une boîte de conserve, pour une hache, pour un couteau. Combien de temps cela pouvait-il durer ? Ce n'était pas la question. La question, c'était de trouver de quoi manger ce soir.

On ne pouvait le reprocher aux gens ; le vieux se souvenait de cet homme épuisé qu'il avait trouvé allongé sur le bord de la route, vêtu d'un T shirt sale et d'une sorte de bermuda, une plaie purulente au mollet.

chaîne de magasins de sport. Je roulais en Porche, j'avais une belle maison, une fermette à la campagne, une épouse ravissante et deux beaux enfants. J'ai tout perdu. C'était pendant la débâcle. Le deuxième soir, d'un seul coup, je me suis retrouvé seul. J'ai cherché, crié. Rien. Je ne sais même pas s'ils vivent encore. J'ai voulu me rendre à notre maison de campagne, où j'espérais les retrouver. Elle était occupée par d'autres et je me suis fait méchamment jeter. Depuis, je tourne en rond. Plus pour très longtemps, je le crains. Une morsure de chien alors que je voulais seulement demander un peu à manger. Merci de m'avoir écouté ; vous serez probablement la dernière personne à qui j'aurai pu me conficr. »

Cheminant ainsi, par monts et par vaux, il en était venu à s'approcher d'une ferme, s'attendant, une fois de plus, à être éconduit. Un homme d'âge mûr, assez massif, la tête en forme de poire abritant deux petits yeux étrangement rapprochés qui vous regardaient fixement, était venu vers lui.

« - Vous voulez à manger. Alors, donnant-donnant. Si vous travaillez comme je vous le dirai, vous aurez à manger. Sinon, vous dégagez. Et vite. »

Il n'y avait pas à discuter. Il n'y avait même pas à choisir. « Vous êtes libre de refuser », avait ajouté son interlocuteur. « ''Le travail rend libre'', c'est ça ? », avait-il répondu. L'autre n'avait pas compris. En attendant, il ne pouvait faire autrement. Il suivit donc l'homme dans une sorte de dortoir garni de paillasses et de vieux matelas.

« - Vous commencerez au ramassage des pommes de terre. Vous serez logé ici et nourri. Maintenant, vous allez me confier votre sac et votre chien. Ne craignez rien, ils vous seront rendus à votre départ. Et le chien sera bien nourri lui aussi. »

Dans l'état où il était, il ne pouvait faire autrement. Au moins pouvait-il y mettre un peu d'humour.

« - J'imagine que vous allez me faire signer un contrat de travail ? »

Le destinataire de cette question ne savait pas si c'était du lard ou du cochon. Il préféra esquiver.

« - Vous voyez le champ, là-bas ? Allez-y et demandez à parler au chef d'équipe. Il vous dira quoi faire.»

oOo

Il se sentait revenu dans le monde d'avant. Non pas dans le monde confortable d'où il venait, mais dans le monde fait d'un travail pénible et contraignant, où on n'était pas son maître, où il fallait se conformer à des directives imposées plus ou moins brutalement, où l'on ne voyait pas le résultat de ses efforts, où de toutes façons l'on n'avait pas le choix. Un monde contraint. Mais des contraintes différentes de celles qui étaient apparues avec la société industrielle. Le travail des esclaves dans les champs de canne à sucre du Tennessee ne devait pas être très différent. La situation dans laquelle il se trouvait n'était pas propre au monde d'avant, tel qu'il l'avait connu. Etre libre dans le dénuement ou contraint dans le confort : lequel valait le mieux ? Choix personnel, sans doute. En attendant, le travail dans le champ, à ramasser les pommes de terre sous une chaleur étouffante, au milieu des moustiques, était dur. Mais, ses réserves de nourriture étant épuisées, il ne voyait pas d'autre solution pour le moment.

Au demeurant, il prenait un certain plaisir dans ses relations avec ses camarades de travail. Sur la quinzaine qu'ils étaient, certains ne manquaient pas de pittoresque. Jean-Bernard, ancien comptable, calculait combien de centaines de kilos de pommes de terre ils avaient ramassé, combien de journées d'alimentation par personne cela représentait. Philippe, un petit brun à l'épaisse moustache, ancien syndicaliste dans une usine automobile, ne manquait jamais d'en conclure qu'ils étaient ignoblement exploités par le patron de la ferme.

« - Et d'ailleurs, de quel droit se l'est-il appropriée ?

- La propriété, c'est le vol », lui fut-il répondu, sans qu'il réagisse.

Philippe ne cessait d'évoquer les agréments de l'entreprise dans laquelle il avait travaillé dans son existence précédente : les avantages sociaux, la sécurité de l'emploi, les indemnités diverses et variées, qu'on devait, disait-il, à l'action syndicale. Quand on lui demandait quelles raisons il avait alors de militer, il se fâchait, parlait de solidarité ouvrière, préférant finalement en venir à un autre sujet. Profitant de son passage, il avait un jour demandé au fermier une baisse du nombre d'heures de travail, mais s'était fait vertement rabrouer.

« - Si vous n'êtes pas content, vous pouvez partir ; vous êtes libre. Et moi, je respecte la liberté. »

Non, il n'était pas content. Il avait paru se tenir coi, mais c'était pour ruminer ce qu'il allait faire. Et donc, un jour, il s'adressa au vieux.

« - Je pense que tu seras d'accord avec moi, ça ne peut pas continuer comme ça. Ce que je propose, c'est qu'on se mette d'accord entre nous et qu'on arrête le travail. Comme les pommes de terre n'attendent pas, le tôlier sera bien forcé de nous céder. Qu'est ce que tu en penses ?

- Il faudrait pour ça que tout le monde soit d'accord, non ? »

Il avait donc fait la tournée de ses camarades de travail, cherchant à obtenir de chacun qu'il se prononce en faveur de ce qu'il proposait. La conspiration prenait de l'ampleur. Tout le monde était bien d'accord sur la nécessité de faire quelque chose. Le comptable estimait qu'il serait possible de déduire la durée du travail d'au moins deux heures par jour sans que cela pose problème à l'entreprise. On se mit d'accord sur les revendications : une baisse d'une heure de la durée du travail, plus de variété dans les menus et le remplacement de certaines paillasses par des matelas dignes de ce nom. Le lendemain, au moment où l'on se mettait normalement au boulot, on se rassemblerait et Philippe présenterait au patron, qui était toujours présent le matin, les revendications des travailleurs. Il savait faire.

Et donc, il s'avança et commença à débiter ce qui avait été convenu. Le temps de travail. La nourriture. Les matelas. Le patron, manifestement surpris, le regardait fixement. Puis, ayant enfin compris de quoi il retournait, il lui fila un coup de boule au bas ventre et Philippe tomba à genoux.

« - Débarrassez-moi de ça », dit-il aux deux chefs d'équipe qui étaient présents. Puis, au petit groupe atterré : « vous avez compris ? Bon, alors maintenant, au boulot. »

Les membres du groupe se mirent en branle lentement, chacun évitant de regarder son voisin. Les chefs d'équipe augmentèrent ce jour-là les normes de production afin, disaient-ils, de rattraper le temps perdu et personne ne trouva à y redire. Quant à Philippe, personne ne le revit plus jamais.

C'était vraiment un retour à ce qu'il y avait de plus détestable dans le monde d'avant, et même pire. Pour le vieux, cela ne pouvait pas, en effet, continuer comme ça et il résolut de partir au plus vite. Mais il fallait qu'il récupère Phoebus et ses affaires. Il convenait donc de faire preuve de diplomatie. Un soir, ayant au préalable dissimulé à proximité de la route de quoi subsister plusieurs jours, il interpella le patron avec déférence. Celui-ci le regarda avec méfiance de ses petits yeux rapprochés.

« - Excusez-moi de vous déranger, mais comme vous voyez, je suis de plus en plus faible. Je suis vite essoufflé et je ralentis toute l'équipe. Ce n'est pas du bon travail. C'est pourquoi je me rends compte qu'il faudrait que je parte pour laisser ma place à quelqu'un de plus productif. J'occupe un matelas qui pourrait plus utilement être employé. C'est pourquoi je viens vous demander la permission de m'en aller.

- Vous voulez quoi au juste ?

- Simplement récupérer mes affaires et mon chien. Et de quoi manger pour trois ou quatre jours.

- D'accord pour que vous partiez, si vous ne pouvez plus travailler. Demain matin, je vous remettrai votre sac et votre chien. Mais pour les provisions, c'est non. Il n'y a aucune raison. Ou alors tout le monde va me le réclamer, et ça, il n'en est pas question. »

oOo

Au centre de ce village qui paraissait abandonné, l'église faisait encore bonne figure. Une église médiévale, entourée de bâtiments datant de la Renaissance. Il se dit qu'à défaut de nourriture, il y trouverait un peu de fraîcheur. Cela ne lui déplaisait pas non plus de faire un peu de tourisme. S'approchant avec prudence afin de s'assurer que l'édifice était inoccupé, il entendit une rumeur insolite qui montait de l'intérieur. Avec plus de prudence encore, compte tenu de son expérience des squatters, il s'approcha en tendant l'oreille. Pas de doute possible. La rumeur était celle une mélodie. Les souvenirs du monde d'avant lui revinrent en force. Un orgue. Un morceau d'orgue.

Le portail était entrouvert. Il pénétra dans l'église. Sombre et fraîche. Bach. Il n'avait pas entendu de musique depuis la grande catastrophe. Dans les hauteurs, sous le buffet d'orgue, l'organiste se laissait apercevoir dans l'ombre. Un homme âgé, à la longue chevelure blanche. Le vieux se garda bien de l'interrompre et musela Phoebus. La mélodie et ses contrepoints se faufilaient jusque dans les moindres recoins de la sombre église. Aérienne. Porteuse de la nostalgie d'un monde disparu. Après un dernier accord, l'artiste s'interrompit. C'était le moment de manifester sa présence.

« - Le clavier bien tempéré. »

De dessous le buffet d'orgue, l'organiste se dressa, l'air anxieux.

« - Excusez-moi. Je n'avais pas entendu votre présence. »

Il avait une allure ascétique, marqué par les épreuves ou les privations, plus probablement les deux.

« - Je suis désolé de vous avoir interrompu.

- Ne soyez pas. C'est bien la première fois depuis des mois que l'on vient pour m'écouter. Je n'en reviens pas. »

Dans le monde d'avant, il avait été titulaire d'un orgue célèbre. Comme tout le monde, il avait été pris dans le flot de la débâcle. Il s'était souvenu de cette église, ou plutôt de son orgue, et il s'était réfugié ici, ayant emporté avec lui ce qu'il pouvait de partitions. Heureusement, c'était un petit orgue dans une église de campagne et il pouvait en actionner seul les soufflets par un système à pédale. Désormais, il vivait là loin de tout, et souhaitant demeurer loin de tout. Il avait installé son logis dans l'hôtel du XVIème siècle qui jouxtait l'église. Ou plutôt, en haut de la tour, là où l'on ne viendrait pas le chercher. Il se méfiait en effet des maraudeurs. Il en était venu à plusieurs reprises. Depuis, il laissait à dessein les pièces principales dans le plus grand désordre. Il cultivait quelques légumes, cueillait les pommes et les poires, qui venaient en abondance, complétait son menu de champignons et de baies ramassés en forêt. Il n'était pas seul. Il vivait avec la musique. Et peut-être avec ses souvenirs.

Sa principale appréhension portait sur l'orgue, qui était devenu le centre de son existence. Il craignait que des vandales ne le démolissent pour s'en approprier le bois, et surtout le métal des tuyaux. Le saccage avait bien failli se produire. Heureusement, les voleurs avaient jugé les descentes de gouttières plus faciles à démonter. Avec le temps, pourtant, son angoisse s'était transformée en une sérénité teintée de fatalisme. De toute évidence, il n'attendait plus grand chose de la vie et ne s'intéressait guère à ce qui se passait ailleurs dans le monde. Il posa quelques questions, mais sa curiosité fut vite satisfaite. Ce qui comptait pour lui, c'était la musique, seulement la musique. Peu importait que ce fût au clavier d'un orgue prestigieux, devant un auditoire choisi et attentif, ou seul, dans cette petite église, comme naufragée dans un monde qui n'était plus celui qu'il avait connu.

Il proposa au deux arrivants de demeurer près de lui le temps qui lui serait nécessaire pour reprendre des forces. La proposition fut acceptée avec gratitude. Le vieux l'aiderait à jardiner, à classer ses partitions et, surtout, à en tourner les pages quand il les interprétait.

« - Ce qui est arrivé, quelle qu'en soit la cause, n'était que trop prévisible. Nous avons déraillé. Qu'est ce que l'avenir, s'il y en a un pour l'humanité, retiendra de l'époque qui a précédé la catastrophe ? Les usines ? Les centres commerciaux ? Les sièges prétentieux des grandes sociétés ? Comparez ce qu'était le centre historique des grandes villes avec leurs faubourgs ? Parlez-moi de l'art. La musique dite contemporaine était devenue anxiogène. Comme si elle exprimait une sorte de vertige devant le néant. Gagner de l'argent. Jouir. Gagner le plus d'argent possible pour jouir le plus possible, et vite. Chacun pour soi. Etait-ce le fondement possible d'une civilisation ? »

Il était lancé et il poursuivit.

« - Nous venons d'une civilisation qui a voulu oublier ses mythes fondateurs. Et qui ne savait plus quel était son destin. Les mythes du passé ont perdu toute leur pertinence. Les clercs des différentes religions ont trahi le Maître dont ils se recommandaient. Tous. Regardez le christianisme, Jésus de Nazareth trahi par Paul de Tarse. Regardez Siddartha Gautama et le tissu d'âneries véhiculées par ceux qui se disent bouddhistes. Regardez le Prophète de l'Islam dont le message a été soigneusement biaisé par les compilateurs du Coran. C'est à chaque fois la même chose : un Maître se lève, qui entend apporter le salut à l'humanité. Et quelques générations plus tard, il n'en reste plus qu'une religion, avec ses totems et ses tabous, son bas clergé et son haut clergé, ses pontifes et ceux qui les suivent par besoin de croire à quelque chose.

- Ne croyez-vous pas que le temps présent attend le Maître qui lui fait défaut ?

- Sans doute. Il ne faut pas s'attendre à une résurgence des Maîtres du passé. Chacun d'entre eux s'est efforcé d'apporter à l'humanité un message qui se réclamait de l'universel. Mais c'était dans les conditions de son temps. Et ces conditions ont changées. Le Maître de notre temps est celui qui saura restaurer l'harmonie entre l'homme et le reste du monde, reconnaître l'existence du monde en tant que tel et non comme un capital à sa disposition. La catastrophe nous a fait comprendre que l'homme n'était pas seigneur et maître de la nature, qu'elle savait se venger, qu'il fallait retrouver l'harmonie perdue.

- N'est-ce pas ce qu'ont voulu faire les Taoïstes ?

- Sans doute, mais regardez ce que sont, ou ce qu'étaient devenus les Taoïstes ? Là encore, un

Maître, d'ailleurs plus ou moins inconnu, dont se recommandent les adeptes d'un culte qu'il serait le premier à dénoncer. Et puis la puissance du non agir ne peut se concevoir que s'il y en a d'autres qui agissent. Ceci dit, je suis d'accord avec vous. Le Maître de demain devra s'inspirer au moins autant du Taoïsme, et sans doute aussi du bouddhisme Shan, que de ce qu'est devenu le christianisme ou l'Islam. En fait, toutes les religions qui s'entredéchirent depuis des siècles sont devenues étroitement provinciales. Aucune ne peut aujourd'hui se prétendre universelle, détenir une fois pour toutes le vrai face à l'erreur, le bien ultime face au mal absolu. Elles convergent vers l'universel, mais ne se confondent pas avec lui, et l'universel nous reste caché, comme le sommet d'une haute montagne perdu dans les nuées que nous cherchons à gravir par différents chemins. »

Ayant trouvé un auditeur attentif, il se lâchait et leurs promenades à travers la campagne, à la recherche de baies et de champignons, se transformaient en causeries.

« - Voyez-vous, disait-il, ce qui me navre, c'est que toutes ces œuvres risquent d'être définitivement perdues. La musique bien sûr, mais aussi la peinture, la sculpture, l'architecture, la poésie, l'art dramatique, la littérature sous toutes ses formes. Et les monuments de la pensée : Aristote et Platon. Les supports se déliteront, le papier notamment, quoique moins vite que les mémoires informatiques. Tout ce qui a fait notre civilisation. Ceci dit, nous sommes peut être trop orgueilleux. D'autres civilisations ont vu disparaître, elles aussi, ce qui faisait leur grandeur. Regardez Sumer. Regardez les Mayas, les Aztèques. Que pensait Montezuma quand il vit périr le monde qui était le sien ? On ne sait dans combien de siècle, des êtres pensants, humains ou venus d'ailleurs, se pencheront peut-être sur les restes de notre monde. Qu'en retiendront-ils ? Ils s'interrogeront, à partir de débris rouillés, sur l'usage d'un engin compliqué qui fut un réveil matin. Ils se demanderont à quelle divinité étaient consacrés ces temples orgueilleux qui servaient de siège aux grandes sociétés commerciales. Mes partitions, si elles n'ont pas été bouffées par les rats, seront pour eux aussi mystérieuses que les manuscrits de Qumran. Ils y verront peut-être des textes initiatiques. Et d'ailleurs, ils n'auront pas tout à fait tort. »

oOo

Vint le jour où il résolut de prendre congé. Il ne voulait pas abuser de l'hospitalité de son hôte. Et il lui fallait continuer son voyage pendant qu'il en avait encore la force. Muni de vivres pour quelques jours, Phoebus le précédant, il reprit donc la route. Deux ou trois jours après, il pénétrait dans ce qui avait été une zone industrielle. C'est donc qu'il approchait de la grande ville.

Par curiosité, il pénétra dans une halle à l'architecture métallique qui avait sans doute abrité une ligne de montage ou de conditionnement. Les lierres, les vignes vierges et autres plantes grimpantes et rampantes y avaient envahi les piliers et même la charpente et les convoyeurs aériens. Les machines et les stocks étaient restés à l'emplacement où ils se trouvaient la veille de la catastrophe. Des notes de service et des tableaux d'objectifs et de résultats garnissaient encore les tableaux d'affichage. Le silence était seulement troublé par les cris des perruches et les frôlements de petits animaux cachés dans la végétation. Que pouvait-on monter ou emballer dans ce temple de la production industrielle ? Impossible de le savoir. « Quelle dérision ! », se dit-il.

Ressortant de ce qui avait été une usine, il découvrit que la zone industrielle n'était probablement pas aussi abandonnée qu'elle le paraissait à première vue. Certains des espaces verts bien tondus qui agrémentaient les bâtiments avaient été transformés en jardins potagers. On y voyait de belles tomates et d'énormes citrouilles se partageant des espaces bien ordonnés. Une jeune femme en chapeau de paille à l'ancienne y était occupée à désherber. Peut-être accepterait-elle de lui donner quelques fruits pour assouvir sa faim. Ce qu'elle accepta. Il en profita pour lui demander si elle était seule ou si la friche industrielle abritait une famille ou une communauté.

« - Vous êtes ici dans ce que dans le monde d'avant on aurait appelé un espace de *coworking* ou un *make lab*. Nous sommes une trentaine et chacun de nous essaye de faire aboutir, avec l'aide de tous les autres, un projet qui lui est propre. Un projet qui soit utile pour le monde tel qu'il est devenu. Vous voyez, moi, je suis agronome. Mon projet, c'est de sélectionner des variétés de légumes qui soient facilement cultivables et qui soient peu gourmandes en eau, parce que l'eau est devenue une ressource rare. Mais pour ça, il a fallu que je puisse compter sur l'aide de mes petits camarades afin de mettre en place un système de récupération des eaux de pluie qui coulent du toit des bâtiments. En contrepartie, j'ai donné un coup de main à l'un des membres du groupe qui a mis au point un procédé permettant d'obtenir du courant électrique à partir de la fermentation de certaines bactéries. S'il y parvient d'une façon reproductible, nous aurons trouvé une solution à l'un des gros problèmes du monde actuel. D'autres travaillent sur les matériaux qui permettraient de relancer la fabrication d'habits, ou sur la conception de nouvelles formes d'habitat. C'est très créatif, ici. Ce qui nous réunit, c'est l'optimisme, malgré les circonstances, la coopération librement consentie et la recherche de solutions qui soient viables.

- J'imagine que vous êtes toutes et tous archidiplômés, non ?

- Pas forcément. Les diplômes d'autrefois ne correspondent plus nécessairement aux compétences qui sont nécessaires aujourd'hui. Ce qui importe, c'est un certain état d'esprit, qui n'était certainement pas celui que l'on trouvait à l'époque dans les entreprises, ou tout au moins dans les grandes entreprises. Il n'y a pas de chefs, ici. Tout le monde est son propre chef. Par contre, il doit respecter certaines règles du jeu et participer aux tâches d'intérêt commun. Par exemple, en même temps que mes travaux sur les variétés végétales à promouvoir, je contribue à la production de la nourriture que nous consommons.

- Je crois qu'il existait quelques espaces comme ça, dans le monde d'avant. Mais les activités y portaient beaucoup sur ce qu'on appelait le « digital ».

- Nous avons quelques informaticiens parmi nous mais, les pauvres, leur rôle est assez réduit parce qu'un ordinateur, ça marche avec du courant électrique. Pourtant, l'un d'eux a inventé un ordinateur à pédale qui lui permet d'utiliser sa machine pour des projections en 4D. »

Ils avaient cheminé tout en parlant et ils étaient entrés dans un bâtiment où semblait régner une intense activité, dans un mélange d'ordre et de désordre.

« - C'est vivant, ici. »

Elle lui présenta un de ses collègues, qui travaillait sur la remise au goût du jour de certaines techniques pré-industrielles.

« - Mon livre de chevet, c'est *L'Encyclopédie* de Diderot et d'Alembert. On y trouve beaucoup d'idées qui ne reposent pas sur l'extractionnisme industriel qui nous a conduit là où nous en sommes. Ces idées, il s'agit de les reprendre, mais en les combinant avec des connaissances théoriques qui n'existaient pas à l'époque.

- Oui, mais comment faites-vous connaître vos trouvailles ?

- Nous ne faisons pas de publicité dans les média, et d'abord, il n'y a plus de médias. En fait, les gens viennent vers nous, et ceux qui sont déjà venus vers nous en font venir d'autres.

- Et qu'est-ce qui vous anime ? J'imagine que ce n'est pas l'espoir de devenir riches, d'avoir une maison sur la Côte d'azur et de vous payer un yacht ? »

Ils se mirent à rire.

« - Non, bien sûr. C'est le fun. Créer des choses ensembles, qui pourront être utiles à tout le monde. L'ambiance. Vous savez, les chieurs, ils ne restent pas très longtemps, ici. »

Une explosion se fit entendre, suivie d'une bordée de jurons.

« - Ne vous en faites pas, c'est le réacteur à fermentation qui a encore pété.

- Une dernière question : qu'est ce que vous faisiez, dans le monde d'avant ?

- Dans le monde d'avant, nous n'étions pas très à l'aise. Les règles du jeu qui nous étaient imposées n'étaient pas faites pour nous. Ce qui a disparu, c'est une certaine forme de société fondée sur le fric et sur le conformisme. Et ça, on n'en voulait plus. D'une certaine manière, la catastrophe, pour nous, a été une sorte de libération. »

oOo

De loin, les tours du quartier d'affaire avaient toujours belle allure. De près, ce n'était pas la même chose. Il avait marché un peu moins d'une journée avant de se retrouver, fourbu, assis à l'abri de ce qui avait été une bouche de métro. Il regretta de n'avoir pas un gobelet en carton qu'il aurait posé devant lui dans l'espoir de récolter quelques sous. Mais les sous n'existaient plus. Il lui faudrait donc prélever sur les vivres que la jeune femme du *make lab* lui avait généreusement remis. Ensuite de quoi, la nuit venue, il dormirait un peu. Ce quartier, autrefois brillamment éclairé, sombrait déjà dans l'obscurité. De rares ombres se glissaient, se rendant hâtivement on ne sait où. Il se rappelait avoir vu ce quartier en construction. Il y avait alors deux mondes. Le monde plein d'ambition de la surface et, dans les sous sols, le monde discret des ouvriers du bâtiment, souvent immigrés, autour de leurs braseros de fortune. Il n'y avait plus qu'un seul monde, celui de la débrouille, et il en faisait partie.

Toujours ce pincement au côté, qui allait grandissant. Ce qui le soutenait, c'est qu'il se savait proche du but. Encore une journée de marche et il serait chez lui, ou ce qui avait été chez lui. Serait-elle là ? C'était, en tout cas, sa seule chance. Phoebus dressa les oreilles. Une ombre vint s'immobiliser près de lui.

« - dis-moi, ça n'a pas l'air d'être la forme.

- Pas vraiment. Pourquoi tu me demandes ça ?

- Comme ça. «

L'inconnu partit d'un grand rire.

« - Vanité des vanités, tout n'est que vanité. C'est bien ça ?

- Oui, on pourrait dire aussi que la roue tourne…

- Exact. Tu vois, dans le monde d'avant, j'étais le patron de l'une des deux compagnies électriques, celle dont le siège était dans la tour un peu à droite. Et puis un beau jour, plus rien. Je n'ai jamais compris ce qui s'était passé. Alors je fais comme les autres. J'essaye de survivre. Je rends des petits services aux uns ou aux autres. Il y a une vie de quartier très animée, ici, même si ça ne se voit pas trop.

- Si tu le dis.

- Je me suis fait ma philosophie. Tu vois, maintenant, je ne suis rien. Donc, je peux être moi-même. Je ne suis plus sans cesse en représentation, à jouer le rôle qu'on attend de moi. Cela m'a rendu serein. D'après ce que j'ai compris, il reste des morceaux d'humanité, ici et là. Ils entreprendront autre chose. Ils s'y prendront autrement. Mais je ne serai plus là pour le voir. Toi non plus. Tu m'as vraiment l'air au bout du rouleau.

- Au bout du rouleau, oui, tu le dis. Mais il me reste une chose à faire.

- Quoi ?

- C'est mon secret. »

L'autre se mit de nouveau à rire. Puis il disparut dans les profondeurs auxquelles conduisait l'escalier. Le vieux nota que l'escalator ne marchait pas. Voilà au moins une chose qui n'avait pas changé.

oOo

Le lendemain matin, il reprit péniblement sa marche, suivi par Phoebus. La ville se voyait au-delà d'un pont, qu'ils gagnèrent par des passages et des escaliers qui disparaissaient sous la végétation. Il eût fallu un coupe-coupe. Le fleuve paraissait n'avoir pas changé. Les berges bien entretenues avaient pourtant laissé place à des frondaisons qui retombaient dans le courant. La ville, elle, n'était plus la ville. C'était une ville morte, qui faisait penser à Angkor, sauf que ce n'étaient pas des temples qui disparaissaient sous les fromagers géants mais des immeubles haussmanniens.

Des buddleias et des vernis du Japon s'étaient invités sur les balcons. Certaines fenêtres baillaient ou étaient ouvertes aux quatre vents. Au sol, l'asphalte et les dalles de granit s'étaient soulevés à certains endroits, livrant passage aux herbes folles. De voitures stationnaient le long des trottoirs, posées sur leurs jantes car les pneus en avaient été récupérés par des pilleurs qui en feraient des sandales ou des panières. Les façades laissaient paraître l'absence d'entretien. Les publicités et les devantures des commerces paraissaient incongrues. La plupart des boutiques avaient été dévalisées au moment de l'exode. Partout pesait un silence oppressant.

Les places étaient désertes, paraissant immenses à défaut de l'agitation et des embouteillages qu'on leur connaissait dans le monde d'avant. Les jardins publics, autrefois bien ordonnés, s'étaient transformés en forêts vierges. Les oiseaux, et probablement les petits mammifères, en avaient pris définitivement possession. Les bassins étaient à sec. Les kiosques où l'on vendait des glaces et des bonbons étaient à demi effondrés. Une statue s'était renversée, son socle soulevé par les racines d'un fromager. Un peu plus loin, les berges du fleuve menaçaient par endroits de s'écrouler. Une péniche s'était prise en travers d'un pont, risquant de l'emporter à chacune des secousses qui l'agitaient.

Le vieux allait son chemin, se dirigeant d'instinct vers ce qui avait été son domicile. Au passage, il reconnut la boulangerie où il venait prendre son pain. Inutile. Incongrue dans un monde qui ne savait plus ce qu'étaient les viennoiseries. Il revit le bistrot où il lui arrivait de venir prendre ses repas. Dévasté, d'abord par les pilleurs, ensuite par les intempéries. Il passa devant l'épicerie où il avait ses habitudes. Les rayons en étaient vides et la devanture brisée. C'était le monde d'avant, avec les habitudes qui étaient les siennes, qu'il retrouvait avec un mélange d'émotion, car il y avait été attaché, et d'indifférence, car tout ceci appartenait désormais à un passé dont il s'était éloigné.

Arrivé à la porte cochère qui ouvrait sur son immeuble, il eut le réflexe de regarder dans la boîte aux lettres. Un petit mot y avait été glissé. Elle était de l'ami qui lui avait rendu visite. « Je pars à mon tour. Bonne chance ». Il ouvrit la porte vitrée qui donnait sur l'escalier, monta les étages et, parvenu devant sa porte, il chercha sa clé dans sa poche, encore par habitude. Ce n'était pas nécessaire. Elle était ouverte. L'appartement, comme tous les autres, avait été visité. Pourtant, ce qui comptait pour lui, ses livres, notamment, était intact. Mais l'essentiel n'était pas là. Il avait espéré la retrouver. Et il voyait que la lettre qu'il avait laissée à son intention au moment de son départ était toujours là sur la table. Le rêve de la revoir s'effondrait. Epuisé, il se jeta sur le sofa. La douleur, à son côté, se faisait de plus en plus vive.

Combien de temps resta-t-il ainsi allongé ? Il n'aurait su le dire. C'est Phoebus qui l'avait réveillé. La pauvre bête crevait de soif. Par chance, il trouva une bouteille d'eau minérale entamée à la cuisine. Il la lui servit dans un bol, s'en réservant lui-même un peu. Puis il retomba dans un état de prostration. Le monde qu'il avait connu était fini. Un autre viendrait peut-être. Différent. Aussi différent de ce qu'il avait connu que la civilisation des Incas pouvait l'être par rapport à la nôtre. Ce qui restait de l'humanité inventerait probablement de nouvelles formes de vie, de nouvelles formes de pensée. Des symboliques nouvelles. De nouvelles raisons d'espérer. Probablement y aurait-il toujours des riches et des pauvres, des chanceux et des malchanceux, des oppresseurs et des opprimés, des malades et des bien portants. Il n'en savait rien. Il n'en saurait rien. Ce monde de demain n'était pas le sien. Il en avait vu quelques potentialités et il savait seulement qu'il serait très différent de celui qu'il avait connu.

oOo

Le temps avait passé. Il suffoquait et souffrait horriblement, le front perlé de sueur. A ses côtés, Phoebus lui léchait le visage. L'obscurité était tombée.

Il crut perdre conscience et vit alors mille étoiles danser lentement devant ses yeux. Longuement. Puis brusquement la fenêtre s'ouvrit toute grande. Une vive clarté envahit la pièce. Elle était là, qui lui souriait.

« - Je suis venue te chercher. »

Dans la nuit s'entendit le hurlement solitaire d'un chien. Un chien qui hurlait à la mort.

© 2018, Landier, Hubert
Edition : Books on Demand,
12/14 rond-Point des Champs-Elysées, 75008 Paris
Impression : BoD - Books on Demand, Norderstedt, Allemagne
ISBN : 9782322164585
Dépôt légal : novembre 2018